「まさか、おまえ……」
息をつめるようにして、箕方が聞いてくる
「俺のことが……、好きなのか……？」
大きな手のひらが、志野の頬を包む。

JN283334

illustration SHOKO TAKAKU

卒業式～答辞～
Graduation

水壬楓子
FUUKO MINAMI presents

KAIOHSHA ガッシュ文庫

イラスト★高久尚子

CONTENTS

答辞 9
送辞 81
記念品 167
記念品 その後 283
あとがき ★水壬楓子 290
★高久尚子 291

★本作品の内容はすべてフィクションです。
実在の人物・地名・団体・事件などとは一切関係ありません。

答辞

「卒業生答辞《とうじ》。代表、志野友之《しのともゆき》」

進行の声がシン…と静まり返った体育館を通り抜ける。

一呼吸おいて、はい、と志野は席を立った。

冬のやわらかな木洩《こも》れ日と、抑えた息遣いと。

そして人生でもっとも輝かしい三年間の思い出が、静かに式場を満たしていた——。

ドアを開けて、志野は一瞬、息を止めた。

背を向けて窓の外を眺めていた大柄な後ろ姿が、ドアの軋《きし》む音にうっそりとふり返る。物憂《ものう》げな動作とは逆に、その視線だけは鋭く志野を射抜いた。

「……ここにいたのか……」

まっすぐに返された瞳に、志野はようやく慣れたポーカーフェイスに平静をたもった声を押し出していた。

「体育館にいなかったから、準備も放ったらかしで、またどこかでさぼっているのだろうとは思ったが」

その辛辣《しんらつ》な言葉に、ポケットにつっこんだ手はそのままにシャープな頬《ほお》をわずかにゆがめて、男は皮肉な調子で返した。

「どうせ今さら、俺が手伝うことなんか何もないんだろう、生徒会長殿？」

そう言って、彼は再び窓へ向かって身体をもどす。

この一年間、四季を通してずっと見続けた変わらぬ景色のはずなのに何が気を惹《ひ》くのか、彼はじっと身動きもせずに外を眺めていた。

暦《こよみ》の上では春に入ったばかりとはいえ、まだまだ冬景色の木立と、それを透かしていくぶんアンティークな校門が遠くに見える。古式ゆかしいレンガづくりの瀟洒《しょうしゃ》な学園には似合いだった。左手にはアーチ型のエントランス。

確かに志野にとってもこの先、懐《なつ》かしく思い返すだろう風景だが、それよりも——。

志野は目の前の見慣れた、しかし決して手が届かない遠い背中に、そっとため息をついた。

ゆっくりと中へ入り、後ろ手にドアを閉める。

いつもは整然とした生徒会室も、今日ばかりは雑多な印象を受ける。今日の日に備えていろいろな備品がここにおかれていたのだが、今はそのほとんどがすでに運び去られたあとで、空箱や予備の品が残されているばかりだった。

「いよいよだな……」

相変わらず窓の外を眺めながら、ふいにポツリと男が言った。

その言葉に、志野も無言でうなずいていた。

希望と緊張と。喜びと淋《さび》しさと。

そんなものが微妙に混じりあった独特の雰囲気が、校内のあちこちに立ちこめている。

卒業式——。

子供の時代を名実ともにあとにする、節目の儀式だ。

「自分の卒業式だろ。ちょろちょろせずに新しい執行部に任せりゃいいだろうが」

ようやくその長身を窓辺から引き離して、彼——箕方祐司《みかたゆうじ》はなかばあきれたように吐き出しながら、中のテーブルへ足を向けた。

生徒会室は常にコの字型にテーブルが並べられている。

正面の席は二つ。生徒会長、そして副会長のものだ。

今日一日——正確にはあと数時間だけ、彼ら二人の席だった。

竹叡《ちくえい》学院第三十七期生徒会長、志野友之。

そして副会長、箕方祐司。

むろん卒業式に先立って二学期末に改選してからは新しい執行部へ引き継ぎは行《おこな》ってきたが、正式な任期はこの卒業式までとなっていた。大学も併設《へいせつ》されている竹叡では、そのほとんどが内部進学をするため、生徒会活動も受験勉強の支障にならない——というより推薦《すいせん》をとるなら有利なほどだ——からだが、この二人は共に外部への進学を希望していた。

志野はそっと、この一年間、パートナーであった男の精悍《せいかん》な、自我の強さをうかがわせる鋭利な横顔を見つめた。

これも、あと数時間だけ許された特権だ。

あと数時間で、この男との関係は永遠に、切れる——。

この一年、この時を恐れ——そして同時に、待ち望んでいたようにも思う。

自らが画策し、持ちこんだ関係だったが、そんなゆがんだ、不自然な状態はやはり、志野にはつらすぎた。

多分――、と志野は自嘲《じちょう》する。

自分で思っていた以上に、自分はこの男に惹かれていたのだろう……。

より近くで感じるほど、より強く、捕《と》らえられていたのだ――。


カチリ…という金属音で、志野はハッと我に返った。見ると、テーブルの片端に腰を預けた箕方が、ポケットからとり出したタバコにライターで火をつけていた。

銀色のジッポは、実は志野のプレゼントだった。いくら言ってもタバコをやめない箕方に、皮肉をこめて、わざわざオイルを抜いて渡したそれを、彼は図太く、さらにオイルを入れ直して愛用しているらしい。

おそらくは校内の他のどの場所よりも安全な生徒会室での喫煙《きつえん》は、箕方にはいつものことだが、志野はさすがに眉《まゆ》をひそめた。

「……今日くらいやめておいたらどうだ?」

ため息混じりに言った志野に、チラリと箕方は視線を上げた。切れ長の瞳は、本人が意図しなくても冷ややかさを感じさせる。

ポケットにライターを落としながら、箕方は片頬に薄笑《うすえ》みを浮かべた。

「なんでも俺のしたいようにさせる。それが条件だったろう？」

その言葉に、志野は思わず目線を落とした。

そしてあからさまに肩をすくめて見せる。

昨年度、年末の生徒会役員改選で新執行部が誕生した時。

おまえの好きにしていい――、と。

そう。それが条件だった。

◇

◇

入学した一年の時から、箕方祐司は目立つ存在だった。

すでに一八〇に近い長身と、切れるほどに鋭く強い線を持つ整った容姿。父親がヤクザの組長だ、とかいう噂《うわさ》の真偽《しんぎ》はわからないが、それをうなずかせてしまうほど他を圧倒し、よせつけない雰囲気を彼は身につけていた。同級生にも先輩にも教師にも、誰にも近づかず、近よらせず、常に孤高をたもっていた。

傷つくことも傷つけることも恐れない、そんな強さを、彼はその全身からにじませていた。

そういう彼を最初の一年間、志野は無意識に目で追い、二年目、そんな自分に気づいた。それからは、気になってどうしようもなかった。どちらかというと、それは自分をいらだたせ、落ち着かなくさせた。

そのせいか、二年の時、志野は箕方と対立する場面が多かった。

二人は同じクラスだった。

常に学年でトップクラスの成績を収め、良好な生活態度を維持《いじ》してきた志野は、クラス委員に指名されていた。

ＬＨ《ロング・ホームルーム》の議題に学園祭がのぼった時だ。

秋は行事が集中するため、竹叡では期末試験後の試験休みを利用して夏休み直前に竹叡祭が行われる。その出し物を決める前段階で、毎年ボイコットに近い形で学園祭を抜ける者もいるが、今年はクラス全員がこの行事に参加すべきかどうか、ということが検討された。

賛否双方の意見がある中、志野はあえて討論にまったく無関心な、ぽっかりとそこだけ違う空気の流れる席に悠々《ゆうゆう》とすわる箕方を指名し、意見を求めた。

クラス中が固唾《かたず》を呑んで注目する中、箕方は無表情なままあっさりと言いきった。

「やりたくない者まで参加させようというのは、余計なお節介か単なる偽善だ」

——と。

クラス中が一瞬、その迫力に飲まれ、箕方の意見に押されかけた。

しかし志野は、その時、反射的に反論していた。

「三年になれば、補習などの関係でどうしても参加できない場合もあるだろう。二年の今が比較的余裕もあり、また不慣れな一年や多忙な三年に代わって二年が学園祭全体を盛り上げる必要もある。学園祭は高校時代の一番大きな思い出の一つになることだし、みんな平等に役割について全員が協力するということが、学園祭の主旨にも沿うことだと思う」

と、そんな内容だったが、これは理論的というよりは感情的な、素直に箕方の意見に屈することに我慢できないというだけの、子供じみた思いに押されてのことだった。

志野のある意味で挑発するようなこの発言を、しかし箕方は肩をすくめただけでさらりと受け流した。

興味もなく、どうでもいい、とでも言いたげなその様子は、志野の神経を逆撫《さかな》でした。

——なぜ、言い返さない!?

表面上は冷静に決を採《と》りながら、志野はそんな理不尽な怒りに駆られていた。

結局、僅差《きんさ》で全員参加が決まったが、箕方の無関心は、志野のこんなささやかな勝利に自己満足すら与えてくれなかった。

その学園祭に、協力的でこそなかったが、与えられた役割を過不足なくこなす箕方に、志野はいらだちを抑えきれなかった。

決定的だったのは、おそらく二年の夏――。


二学期開始直前の八月末、二年生を対象に保護者同伴での進路指導が行われていた。

進路に特に強い希望も持たず、両親の言うまま内部進学を第一希望として提出していた志野に、担任は満面の笑みで太鼓判《たいこばん》を押した。

「いやぁ、全員が志野君のように問題もなくすんなりと希望の進路へ進めれば、私としても楽なんですがねぇ……」

と担任が持ち上げれば、母親も、よろしくお願いします、と頭を下げる。

皮一枚の笑みで時折相槌《あいづち》を打つだけの志野の目には、そんな自分を挟んだやりとりはどこか空々しく、茶番めいて見えた。

二人の間で話し合われていることが自分の進路だと、――この先の自分の人生を決めるものだと、そんな感慨など一向に湧いてこない。どこか他人事で、ただの儀式のようなものだった。

しっかりしてますからね、とうなずく担任の言葉は、志野の心をいらつかせた。

そうではない。ただ自分は――。

見つけられないでいるだけなのだ。

自分のしたいことも。自分の人生も――未来も。

その代わりにただ安易な……一番楽な道を選んで歩いているにすぎない。

あっさりと、ものの数分で終わった面談のあと、「しっかりね」「気を抜いちゃだめよ」

「あなたは手がかからなくて安心だわ」……と一人はしゃぐ母親と連れだって帰るのもうざったく、志野は、図書館で調べものがあるから、と母を先に帰し、一人校舎へ残った。

夏休みの、がらん…、と人気《ひとけ》のない校舎の窓いっぱいに、西日が差しこんでいた。

志野の順番はかなり遅かったから、残りもそういないはずだ。

そのオレンジ色の静寂《せいじゃく》の中に、突然、割れるような声が響き渡った。

「あんたに指図される覚えはない！　俺の将来だ！　俺が決めて当然だろう⁉」

――箕方の、声だった。

だがこれほど感情的な声は初めて聞いた。

彼はいつも……冷ややかにおとなびて、感情を表に出すことがなかったから。

自分の教室の方から飛んできたその声に驚いて、志野はなかば反射的に近くの教室へ身を引いていた。ほぼ同時に、廊下を荒い足どりで歩いてくる音がする。

「祐司……、祐司くん！　待ちなさい！」

叫ぶ女の声。

母親？　……にしては、声が若すぎる。

その女性は、志野のいる教室の直前で箕方に追いついたようだ。

「それでどうするつもりなの？　私へのあてつけのつもりなの？　いいかげん、そんな子供じみたまねはやめなさい！」

ぴしゃりと言った声にも、志野は驚く。

あの箕方を捕まえて子供っぽい、と言える人間は少ないだろう。

「……俺はただ、あんたたちに俺の人生を決められたくないだけだ」

その女性《ひと》に言われたことがいくらかでもあたっているのか、箕方の声は少し動揺を抑えるように硬《かた》かった。

「親が子供の将来を心配するのは当然でしょう。跡を継いでもらいたいと思うのもね。お父さまの気持ちも考えてごらんなさい」

箕方を相手に一歩も引かないこの女性は、いったい誰なのだろう……？

そう思いつつも、さすがに立ち入ったことを聞いているようで、志野は出て行くべきか逡巡《しゅんじゅん》し……、しかしタイミングが悪すぎた。

結局、息を殺しているしかない。

「……で、俺にオヤジみたいな悪徳政治家になって跡を継げって？　ハッ…、冗談じゃない！」

吐き捨てられた箕方の声に、志野はハッとする。

——政治家……？

そういえば、箕方という名の有力な与党の政治家がいる。が、選挙区も違っていたし、今まで箕方と結びつけたことはなかった。

箕方が……その息子、なのか？

確かに、彼が親元を離れて一人暮らしをしているのは志野も聞いたことはあったが。

「祐司くん！」

きつい調子でたしなめた女の声に、箕方はさらに悪辣《あくらつ》な口調で続けた。

「まあ、そりゃさぞかしいい人生だろうな。どっかの財界の令嬢を形ばかり正妻に迎えて、跡継ぎだけを生ませておいて……、それで都合よく死んだら今度は息子の女を寝とってさっさと再婚か？」

衝撃的な言葉に、さすがに志野は息を呑む。

パシッ…と続いて響いた鋭い音が何なのか、想像はたやすかった。

ふいに、壁際で身を硬くする志野の視界の隅に、二つの影が入ってくる。
二十六、七、だろうか。和服の似合う、凛《りん》とした美しい女性だった。
志野は息をつめて、片手を上げたままの彼女の横顔を見つめていた。

箕方の義母――そして箕方の、好きだった女《ひと》……？

きつい表情だったが、まっすぐに箕方をにらむ目は感情的になってはいない。

「そういう言い方は許さないわ。あなたとつきあっていたのは事実だけど、お父さまと結婚したのは、あなたよりお父さまの方を愛したからよ」

言いきった彼女の言葉は、ずいぶんと勝手なセリフにも、またハッとするほど潔《いさぎよ》くも聞こえた。

と、視界の中で影が動いた。

箕方の大きな身体がひるがえったかと思うと、いきなり彼女を押さえつけ、そして――。

影が、瞬間、一つに重なった。

ほんの、短いキス――。

津波のような衝撃が志野を襲った。

夕日に照らされて映《は》える箕方の横顔は、彼女を見つめる切なげな眼差《まなざ》しも、噛《か》みしめた唇も……、どこか傷つけられた子供のようで、苦しいほどに胸を突かれた。

ふだんからおとなびた箕方がこれほど年上の女性とつきあうことに、それほど違和感はない。

ただ好きな女の前ではこれほど子供っぽい表情もできるのだと、それほど気を許し、素顔の自分を見せていたのだろう…、と、そのことに志野は愕然《がくぜん》とした。

箕方にこんな顔をさせることができる人間もいるのだと、その驚きと、衝撃——。

そして……、なぜか、ズキリと胸が痛んだ。

「あんたたちの……思い通りにはならない」

それだけ低く言い捨てると、箕方は突き放すように女の腕を払い、くるりと背を向けた。

その一瞬、箕方の目が志野を捕らえた。

さすがにわずかに大きく見開かれたが、心の内にこもる激情ほどではなかったのだろう。

そのまま足早に廊下を通り抜け、階段を駆け下りていった。

女性の方は小さく息をつくと、志野には気づかないまま、ゆっくりとあとを追う。

誰もいなくなったオレンジ色の廊下を見つめたまま、志野は動くことができなかった。

——思い通りにはならない、と。

その声が耳に残る。

自分を偽《いつわ》らず、自分を傷つけることを厭《いと》わず、傷つくことを恐れない——その男の姿が鮮烈にまぶたに残った。

敷かれたレールを走り、心の中では何かが違う、と反抗しながらも愛想笑いを浮かべ、絵に描いたような優等生を通す——、そんな嫌悪すべき自分を、まざまざと見せつけられたような気がした。

自分の持たない力に対する憧《あこが》れ、だろうか。あるいは持てない者の嫉妬《しっと》だろうか……。

その時、志野は血を吐くような想いで認めたのだ。

――自分はあの男に惹かれているのだ、と。


竹叡の役員選出システムは全校生徒による選挙だが、それは会長、会計、書記が対象となる。

副会長は会長の補佐という意味合いから、慣例で会長の個人指名が認められていた。

そして志野が会長に選出された時、彼が副会長に指名したのは、箕方だった。

これには、彼らを知る誰もがアッ…と言った。

確かに成績だけで言えば箕方も悪くなかったが、しかし箕方自身がそういった名誉《めいよ》職に興味がないことは誰の目にも明らかだった。彼がそういった特別活動をめんどくさがる方だというのはわかりきっている。

前年からすでに次期会長と目されており、実際、対抗馬もなかった志野と違い、枠にはめられることを嫌う――というより、似合わない箕方が、生徒会という組織の中で協調してやっていけるかどうかも疑問だった。

そして何より、ふだんの志野と箕方の対立――とは言えないまでも、おたがいの際だった個性の違いは協力し合うことなどとても考えられなかったのだ。

志野にとって、箕方はそばにおいてもっともやりにくい人間のはずなのに――。

なぜあえて、志野は箕方を指名したのか？

そしてなぜ、箕方はそれを受けたのか？

当初、その疑問をかかえた人間は数多くいた。

あの二人でうまくやれるのか、と危惧《きぐ》した者も多かったが、しかし前任者が卒業後スタートした新執行部は、順調にすべり出し、順調以上の成果を上げ、全校生徒に「意外とあの二人、息が合うんだな」と思わせていた。

『あの箕方を引きこんだ上にこれだけうまく扱えるとは、さすがに志野だ』

という評価を聞くにつけ、しかし志野は自分への嘲笑《ちょうしょう》を抑えられなかった。

信任投票のみで会長への就任を決めた時、「副会長には誰を？」という新聞部のインタビューに、これから検討するつもりだ、と答えた志野だったが、本当はその時点で名前はすでに頭にあった。

――いや、彼を副会長に任命するためだけに、一年間だけでもそばで見つめていられる、見ていても不審に思われない……、そんな状況を作るためだけに、志野は立候補したと言ってよかった。

ただおそらくは、箕方に指名を受ける意志がない、ということも容易に想像できた。

実際、彼に話を切り出した時、箕方が言ったのは「冗談だろ」という一言だった。それは疑問ではなく、明らかに否定の意味で。

「なんで俺がそんなものを引き受けなくちゃいけない」

憮然《ぶぜん》とした面持ちで言った彼に、志野は頭の中でまとめていた言い訳を、落ち着いた声で口にした。

「別に君に細々《こまごま》とめんどくさい仕事を押しつけようというんじゃない。そんな事務的なことは、僕一人でも十分に処理できる」

膨大《ぼうだい》なはずの生徒会業務を、さらりとあたりまえのように言った志野の自信に、箕方は一瞬目を細め、それからにやっ…と笑った。

「……ふん、そうだろうとも」

嫌み半分、そして同意が半分の笑みだった。

志野の力は、箕方も過不足なく認めているのだ。箕方のこういうところに、志野は勝てない、と思う。

自分の気に食わないこと、自分の認めたくないことから目をそらしてしまう自分とは違う。力むことなく、事実を認められる強さ。

「だったらなぜ、俺なんだ?　他にもっと気のきいたヤツはいくらでもいるだろう?」

当然の問いに志野はちょっと腹に力を入れた。

「実務をする人間がほしいわけじゃない。生徒をまとめる力のある人材がほしい。君という人間が副会長という立場にあるだけで、ずいぶんと抑えがきくからね」

つまり、この竹叡にも皆無とは言えない、不穏なグループを牽制《けんせい》したい——、ということを志野は暗に伝えた。

ずっと考えてきた言い訳だった。この理由自体に無理はないと思う。ただそれを、どれだけさりげなく伝えられるかが問題だったが、どうやらそれは成功したようだ。

ふぅん？　と顎《あご》をとって箕方はちょっとうなったあと、わずかに唇をゆがめてみせた。

楽しそうな口調が問う。

「抑えるべき筆頭は俺じゃなかったのか？」

志野は軽く肩をすくめた。

「君が連中の口車に乗ったりしないことはわかっている」

一年時から、箕方が度重なる誘いを受けていたことは知っていた。だが同時に、箕方がそれらの連中を相手にしていないことも、わかっていた。しかしそういったグループからアプローチがかかることだけで、他の生徒や教員の彼を見る目が違うのは確かだ。

箕方はどちらかに片寄ることなく、そんな連中からも一般の生徒からも、一定のスタンスをおいて立っていた。

悪意も好意も、そのどちらもわずらわしい、とばかりのそっけなさで。

「他の…、あまり話が通じそうにない学校との折衝《せっしょう》にもつきあってくれれば有り難いし、……そういうことだ」

続けて言った志野に、箕方はさらりと答える。

「だが俺がそのおまえの道楽につきあってやる必要はない、――な？」

出方をうかがうように、箕方はじっと志野を見つめた。

「俺は別に役員の恩恵に浴したいとも思わないし、第一生徒会なんぞ、時間を食うだけで俺には実利的なことがまったくない。かえっていろいろと拘束《こうそく》されるだけだ」

志野は軽く目を閉じ、そっとため息をついた。

「君の気に入らないだろうことはわかっている。だから、条件があるなら言ってほしい。やってもいい、と言える条件を出してくれないか？」

あっさりと笑い飛ばされるかと恐れたが、意外と箕方は考えこんだ。

「条件、ね……」

考える時の癖《くせ》なのか、彼は唇の端を親指の腹で押すようにしてつぶやいた。

「たとえば……、どの程度の条件なら飲めるんだ？」

しばらくして言葉を継いだ時、それまでの皮肉な笑みが消えて、わずかに真剣な色が瞳に映っていた。

「僕ができる範囲でならなんとかするつもりだ。まぁ、金を要求されても困るが」

「つまり、おまえが個人的にできる条件、という意味だな?」

「……そういうことになるだろう」

その視線に気圧《けお》されるように、志野はわずかに瞳をそらし、やわらかい前髪をかき上げる。

だから、箕方が長いリーチを使い、ほんの数歩で目の前まで来ていたことに直前まで気がつかなかった。

「じゃあたとえば、こんなことを——」

いきなり近くで低い、深い声がし、ハッ…と顔を上げたところで、鋼《はがね》みたいな指に顎をすくいとられた。

目の前に恐いくらいに無表情な顔が迫《せま》る。

逃げることはもちろん、声を上げることさえできなかった。

やわらかな感触が唇をふさぐ。ほんのわずかに、かすめるように、濡《ぬ》れた舌が上下の唇の隙間《すきま》をなぞる。

志野は硬直《こうちょく》したまま、動けなかった。

一瞬のキスは、志野の思考を真っ白にした。

顎を離されて、ようやく息をすることを思い出す。

呆然《ぼうぜん》と相手を見返す志野に、しかし箕方は平然としている、と受けとったらしい。

ちょっといたずらが見つかった時の子供のような、バツの悪そうな、箕方にはめずらしいほどの幼い笑みが頬をかすめた。

「……慣れてるのか？」

その問いにようやく我に返り、志野はあわてて、しかし見かけは動じぬ素ぶりで答えた。

「いや…、まさか……」

さりげなく人差し指の背で唇をぬぐいながら、息を整える。

「だが、今どきキス一つで驚くほどウブでもない」

大嘘だ。制服の下に隠された心臓は、バクバクと大きな音を立てている。一瞬だけ触れたその部分は、火をつけられたように熱かった。

ほぅ？　と箕方は面白そうに喉《のど》を鳴らす。

「さすがに美人の次期生徒会長殿は場数を踏んでいると見える」

たおやかで、それでいて芯《しん》の通ったふうな清冽《せいれつ》な容姿を持つ志野は、入学時より男女を問わず告白が多かった。誰か特定の人間とつきあったことはなかったが、箕方がそのことを指して言っているのはわかる。

だが実際は。

これが志野にはファースト・キスだった。だが、そんな余韻を感じている余裕もなかった。

ただ、うろたえてはいけない…、とそれだけを自分に言い聞かせながら、志野はどこまでも平坦《へいたん》な声で自分自身を偽った。

「こんなことですむのなら安いものだ」

「こんなこと、ね。……ファンが聞いたら嘆《なげ》くだろうぜ」

なぜかわずかにいらだったような、突き放すような言い方だった。

だが志野は気づかず、あえて淡々と続けた。

「君が副会長として少なくとも表面上はその職務を果たし、それにふさわしい行動をとってくれるのなら……、プライベートで何をしようと干渉《かんしょう》はしないし、ある程度のフォローもしよう。君の……好きなようにすればいい」

「好きなように？　ハッ…、キスだけじゃすまなくなってもかまわないってのか？」

脅《おど》すように、あるいは試すように、箕方が尋ねた。身体はゆったりと机のヘリに預けたままだったが、息をつめるような、それだけに静かな問いだった。

「別に……、別にかまいはしない」

そう答えた声がちょっとかすれてしまったことに、箕方は気づいただろうか？

たった一人を相手の駆け引きに、選挙の何倍も緊張していた志野は、実際、自分の言葉の意味を完全に理解してはいなかった。

一瞬の間をおいてから、箕方は大きく息を吐き出した。

「悲壮な決意だな」

肩をすくめてつぶやくように言ったあと、まったくあっさりと、何の気なさそうに箕方はつけ足した。

「……ま、そうだな。ちょうど喫煙場所を探していたところだ。考えてみれば生徒会室というのは、完全な盲点かもしれないな」

つられるように小さく肩の力を抜いた志野は、その内容にわずかに眉をひそめる。

「喫煙、というのが副会長にふさわしい行為とは思えないが？」

「バレなきゃいいんだろ？　第一、カラダを売る、というのが生徒会長にふさわしい行為とも思えないがな？」

アッ…、と、志野は言葉にされて初めて、自分の約束したことの意味がわかった。

思わず口を薄く開けたまま、彼を見つめ返していた。

確かに…、自分の言ったことは、まったくモラルに反している。

いや、モラルとか、それ以前に……。

その表情を眺めて、箕方は密《ひそ》やかに笑った。

「心配するな。表はイイ子の優等生でいてやるよ。副会長とやらにふさわしい言動と態度、な。――だが俺を番犬にするんだったら、高くつくぜ」

箕方は所定の副会長席にどかっと腰を下ろした。

気怠《けだる》げに腕を伸ばして、灰皿代わりの紅茶の空缶を後ろの戸棚の引き出しからとり出す。

ぼんやりとそれを見ながら、志野は、ああ、これを処分しなくては、と思う。

生徒会副会長の悪事の証拠を、卒業後まで残しておくわけにはいかない。——まあ当人は頓着《とんちゃく》しないだろうが。

こんなふうに放課後の生徒会室、二人だけで、たいした会話もなく過ごした時間が志野の脳裏《のうり》によみがえる。

思い返しても、この一年、本当にたいしたことはしゃべらなかった。

志野が書類と首っ引きで格闘している横で、箕方は悠々とタバコをふかす。

箕方が手伝おうとしたことはなかったし、志野もそれを要求はしなかった。かといって志野は、来なくていい、とも言えずに、好きにすればいい、とばかりの無関心な態度を装っていた。……どうせ箕方は、喫煙のためだけに、この生徒会室に来ているのだから。

——特に何もしなくても、ただ近くに存在してくれることが、志野にとっては、最上の

◇

◇

時間だったのだ……。

志野から見れば、生徒会入りする前もしたあとも、箕方自身にまったく変化はなかった。しかし、まわりの見る目は変わった。

彼を生徒会に引きこむ、というのは体制の側に加担《かたん》させる、ということだから。

箕方には権力に屈しない孤高のヒーローのような雰囲気が似合っていたのだろう。失望したり、幻滅を感じたりした者の方が多かったように思う。

番犬――、とあの時言った箕方の言葉を、志野はそのあと、いくどか他の人間の口から聞いた。

『竹叡の箕方が美人の生徒会長殿の番犬に成り下がったってのは、本当だったんだな』

他校に赴《おもむ》いた際、そんな言葉を投げられたこともある。

箕方自身は、そのことに痛痒《つうよう》を感じてはいないようだったが、志野はいくぶん引け目を覚えていた。

自分の自己満足のために――彼を一種のカリスマ的な地位から失墜《しっつい》させたのだから。

彼を近くにおいて何をしたい、と思ったわけではなかった。

彼を手に入れたい、とも、手に入れられる、とも到底、思ってはいなかった。

ただ近くで……、できるだけ近くに、その息遣いを感じていたかっただけなのだ。

彼への想い、というのはそれまで肉感的なものではなかったから。

だから、初めて身体を開かれた時には、さすがに恐怖を抑えられなかった。最初に条件を提示した時、口ではそう言いながらも、箕方は実際、それを本気で考えていたわけではないのだろう。

志野が初めて抱かれたのは、新執行部がスタートしてひと月はたってからだった。条件を示してからは、ゆうに三カ月以上もあとだ。

きっかけは八つ当たりに等しいものだった。

やり場のない怒りをぶつけるように、箕方は志野に手をかけた。

「……あの女、妊娠なんかしたんだぜ」

ただ、行為の最中にもらしたその言葉だけが、箕方が心の奥深くにかかえた暗い感情を教えていた。

「俺に弟か妹ができるんだとよ……」

この時初めて、あの夏の三者面談の日のことが箕方の口から出た。それまでおたがいに、あの日のことに触れたことはなかったのだ。

まだ想っているのだ、と。

そのことが少し、志野にはつらかった。

はけ口であっても、箕方の感情が自分に向けられたことはうれしかった。

だからほとんど抵抗らしい抵抗はしなかったし、実際、その時は驚愕《きょうがく》の方が大きくて、とても抵抗するどころではなかった。

そして行為のあとは、箕方の方が驚いていた。

志野に経験があるとでも思っていたのだろうか。さすがにあやまりこそしなかったが、

「初めてのくせに、なぜこんなムチャな条件を飲んだ？」

と、いくぶん腹立たしげな問いに、志野はひっそりと笑ったものだ。

その「ムチャな条件」を出したのは箕方の方だ。

「……別に純潔を守っていたい、というほど固い貞操《ていそう》観念を持っているわけじゃない」

痛む身体を起こしながらさらりと答えたそれは、本心だった。

志野は性行為《セックス》に対して淡泊な考えを持っていた。というより、そのうちに経験するだろう義務的なもの、以上の考えはなかった。

箕方に触れられることは……、不安でもあったし、恐くもあったが、それでも箕方が失望を感じるほど自分に期待していないことを思うと、心理的な恐怖は薄れた。——その行為自体は、確かにかなりな負担だったが。

それからは、求められるままに抱かれた。

月に二、三度。箕方の気分次第だった。場所は必ずここ、生徒会室で、一続きになっている隣室のソファだった。

自分にはない彼の強さを憎むほどに憧れ、気まぐれに優しくされると、表面は無表情な

まま、内心では地に足がつかないほど心臓が飛び跳ねていた。

彼と会えることが、話せることがうれしくて——苦しくて。

期限が一年と区切られていたことに、志野は感謝した。それ以上だったらきっと——耐《た》えられなかっただろう。

そして今日が、その最後の一日なのだ——。


「どうした？」

ふいに問われて、志野はハッ…と身体を震わせた。

あまりにも見つめすぎていたのだ。

「別に……」

志野は動揺を隠すためにさりげなく身体をまわし、思いついたように戸棚からカップをとり出した。

「……飲むか？　高校時代最後の一杯」

コーヒーを誘うと、箕方は、あぁ、と短く答えた。志野はドリップ式のインスタントをそれぞれのカップにセットして、電気ポットから湯を注ぐ。

今度は逆に、そんな自分の動きをじっと見つめられていることに、志野は気づいた。

それでも気づかないふりで、震えそうになる指を必死に抑え、志野は箕方の前にカップをおいた。箕方は軽く顎を引くようにしただけで、礼の代わりにする。

タバコをもみ消して揺れる琥珀《こはく》の液体に視線を落とし、そして小さく笑った。ギシリ、とイスを軋ませて、軽く伸びをする。

そのしなやかな動作は、サバンナの野生動物を思わせた。——強靭《きょうじん》で、危険な。

「もっとかったるいかと思ったが、意外と快適な一年だったな…。コーヒー付きの喫煙室も」

箕方はカップの柄がついていない方を手のひらにくるむようにして口元へ運び、一口味わう。

志野は自分の分にクリームを落としてかき混ぜながら、それはよかったな、と皮肉を返そうとして、箕方の次の言葉にさえぎられた。

「おまけに感度のイイ身体付きだったしな？」

一瞬、志野のスプーンが止まった。

カッ…、と身体の芯が熱を持ったが、志野はそれを表面に出すことなく、強いてゆっくりとスプーンをもどした。

その横顔にじっと視線をあてたまま、箕方は乾いた調子で続けた。

「おかげで女を襲う必要もなく、放課後非行に走ることもなく、学校を放り出されずにすんだのは、やっぱり会長の献身《けんしん》に感謝するべきだろうな」

志野は手にしたコーヒーで喉を濡らしてから、ようやく感情を抑え、平然と返していた。

「こちらこそ。おかげでふったふられたと余計な面倒に巻きこまれることなく、品行方正な生徒会長を務められたよ」

なぜか、一瞬の間があってから、箕方がハッ…とかすれた笑いをもらした。

「なるほどな。おたがい、ちょうどいい相手だったってことか……」

その言葉がチクリ…と志野の胸を刺した。

志野はテーブルの端に浅く腰を預け、カップを手にしたまま、箕方には背を向けた形で窓の外へ視線を逃がした。

冬枯れた木立。

三月に入ったとはいえ、まだずいぶんと寒く、今にも雪の舞い降りそうな灰色に霞《かすみ》がかった空気の色は、そのまま自分の心の中を映しているようだった。

この期《ご》に及んで、断ち切れない想いに――。

カツン…、と鋭く響いた音に、志野はハッと肩をすくめた。背後で、箕方がカップをテーブルにもどしたようだ。

うなじにあたる視線が、痛い。

そんなに……見るな――。

そう叫んでしまいたい衝動を、志野はぐっとこらえる。

その瞬間、志野はぶるっ…と身を震わせた。全身に鳥肌だったような気がした。

冷たい指が襟足《えりあし》の髪を弾《はじ》き、そうっと肌に触れてきたのだ。

志野はピクリ、と肩を揺らせたまま、それ以上、動くことができなかった。

するり、とその指はうなじをなぞり、ゆっくりと前へまわってきた。あえぎを噛み殺す志野の喉元をかすめ、いきなりぐいっ、と顎をつかむ。

「み…かた……?」

かすれ声がやっとだった。

それを合図に、箕方の腕が素早く腰にまわされ、ものすごい力で引きよせられた。

アッ…、と思った時には、手の中のカップは宙へ飛び、半分ほど残っていたコーヒーが床の絨毯《じゅうたん》へ黒い染みを作った。

すっぽりと背中を抱きこまれ、熱い吐息を耳元に感じる。

「その条件も今日までが有効なら、期限いっぱいまでしっかりと活用させてもらおうか」

冷淡に吐き出された信じられない言葉に、志野は身を強《こわ》ばらせた。

「バカなことをっ……! 今日が何の日か、わかっているのかっ!」

志野はぐっと力をこめたが、両腕に拘束された身体は身動き一つとれなかった。

箕方が吐息だけで笑った。

「わかってるさ。あんたには大切なお役目があるんだよな。——大丈夫だ。立てなくなるほど手荒にはしない」

「そういう問題じゃ……！」

「優しくしてやるさ……。最後だからな」

最後——……。

その言葉に捕らわれ、つかの間、抵抗を忘れた志野の肩から、箕方はブレザーをはぎとった。

「上は脱いだ方がいいな。皺《しわ》になったらマズいんだろう？」

それをイスの背へ放り投げ、さらに片腕で志野の抵抗を抑えながら、カッターのボタンをもう片方の指だけで外していく。

「やっ…ぁ…！」

そのよく知った指先が胸へすべりこんできた瞬間、思わず志野の唇から声が出た。

フッ…と鼻で笑った箕方に、志野は唇を噛みしめる。

「い…いいかげんに……、しろ……っ！」

身体の奥深くでじわじわと湧いてくる波をかわしながら、志野はうめくように吐き捨てた。

「最後なんだろう？　少しくらい楽しませろよ……」

「う…っ…」

キュッ、と胸の突起をつままれて、志野はすでに自分のそこが硬く立ち上がっていることを知らされた。

じん…、と疼《うず》くようなじれったい痺《しび》れが全身に走る。血がにじむくらい強く唇を噛みしめても、鼻から抜ける淫《みだ》らな自分の声が耳に届き、悔しさに涙がにじむ。

「あんたの抱き心地は悪くなかったな……」

耳たぶに軽く歯をあてられ、舌先にその前後をなめ上げられて、志野は思わず喉をそらせた。

「あんたの身体……、始めは温度が低いのに、こうやってると少しずつ確実に熱くなってくのがわかるんだぜ……？」

いつになく饒舌《じょうぜつ》に、箕方が言葉でなぶってくる。

「肌も、な……、さらさらしてるのがだんだんしっとりしてきて……、ほらな、指に吸いつくみたいになってくる……。イイ感じだ」

確かめるように胸から脇腹《わきばら》をやんわりと撫でられ、そしてゆっくりと身体の中心へ下がっていく。

志野はぎゅっと目をつぶったまま首をふるが、身体の方はすでに反応を始めていた。

箕方の指の動き一つ一つに、弾かれるように過敏に肌は感じている。

わざとなのだろう。軽い音を立てて、耳の下にキスをしながら、箕方の手がゆっくりとベルトを外した。

「やっ…、やめろ……っ!」

身をよじったところですかさず腰を浮かされ、ズボンをずり下ろされる。同時に正面から抱きかかえられるようにテーブルに腰をつかされ、そのひやりとした感触に一瞬、志野は身をすくませた。

「あ…っ……!」

下着の中に直接手を入れられて、すでに形を変え始めていたものがきゅっ…と握られた。

「やぁぁぁっ……!」

カッ…と耳に火がついたように熱くなり、その熱はあっという間に全身に伝わった。

緩《ゆる》くきつく、箕方の手が志野をもみしだき、もう片方の腕があやすように強ばる背中を撫で上げる。志野の指が、こらえきれないように箕方の肩につかみかかる。

すべての細胞が自分の支配から離れ、何かに追い立てられるように、——あるいは導かれようにして、一極へ集中していく。

先端から溢《あふ》れ出したものを指先に絡《から》め、箕方はなおも志野の快感を暴《あば》き立てる。腰が揺れ、よじれて、もう羞恥《しゅうち》を感じる暇もない。

「は……ぅ…っ！」

親指の腹でぬめる切っ先を執拗《しつよう》に刺激され、志野の身体が反り返った。

くっと喉で笑ったような箕方の声が、志野をいたたまれない気にさせる。

もういつ達してもおかしくない状態だったが、箕方の残酷な指が志野の根本をしっかりと押さえつけた。

「くっ…ぅ…っ……！」

必死に声を抑えようとする志野の焦点《しょうてん》を失いかけた目を見つめ、箕方が溢れた涙を唇ですくいとった。

ふと、ふわりとやわらかい眼差しを感じて、志野はとまどう。

「イイ顔をするようになったな……」

そうささやくように言った箕方の口調も、決して冷たく嘲笑するものではなくて。

引きずられる——心が、身体に。

——いや、身体が、心に、だ…………。

心の方が先に求めていた。身体がその行為の意味を知る、ずっと前から。

それでも志野は、抵抗するように首をふる。

それを認めてしまえば……自分がつらくなるだけだから。

どんな顔を自分がしているのか——おそらくは淫らに欲情した顔なのだろう——、志野は片方の腕で隠すように顔をかばう。

だがそれも、あっさりと払いのけられた。

「いい顔だ……。大学に入ったらどうする？　別の男に見せてやるのか？」

その抵抗が箕方を怒らせたのか、いくぶん語気が冷酷なものに変わっていた。

「他の男にっ――」

反射的に叫びかけて、ハッ…と志野は唇を噛む。そして、息を整えて言い直した。

「もう男に……抱かれるつもりはない……」

他の人間に抱かれることができるとは思えなかった。許せたのは箕方だったから――、他の誰でもない、箕方だったからこそ、だ。

おたがいにちょうどいい相手――、と箕方は言った。

だが本当は、志野にとって、箕方と肌を合わせるのはいつも不安だった。

いつ、この心の奥に隠している想いを知られるか――、その恐怖。

知られたら……、うとましく思われるだけだとわかっていたから。

「そうだろうな。もう男はこりごりだろうぜ」

箕方が、どこか自嘲気味につぶやく。

そしてぐいっ…と強引に、志野の両膝《りょうひざ》を肩にかかえ上げるほど高く持ち上げた。

「あ……っ！」

恥ずかしい部分がすべて男の視線にさらされるその格好に、一瞬にして志野の顔が羞恥に染まった。

先端から流れ落ちるものを指にすくい、その道筋をたどるようにして、箕方の指はずっと奥を目指して行く。

「あ…、あ……やめ……」

予感に怯《おび》える声が弱々しく唇から落ちる。

むき出しの腿《もも》が箕方のブレザーの裾《すそ》に触れて、痛いような、じれったいような感覚を味わう。今さらに、着衣のままの箕方と、情けない自分の姿とを思い出した。

「ひっ…、ああ……っ！」

濡れた指が頑《かたく》なな最奥の扉をつっつき、ゆっくりともみほぐしにかかる。じらすようなその動きに、志野の腰が小刻みに揺れてしまう。

どうしようもない渇望に、思わず何かを口走りそうになった時、ズッ…と指が一本、中へもぐりこんできた。

「あああぁぁ……！」

眩暈《めまい》にも似た陶酔《とうすい》が身体の芯を駆け上がる。

それはすぐに倍に増やされ、ゆっくりとかきまわされ、広げられていく。

「熱いな……、相変わらず」

ささやく声が遠い。

「や……っ！」

いきなり指が抜かれて、思わず放すまいとしめつけている自分に、志野は気づく。

それほど、慣らされた自分に――。

そして腰をかかえられたかと思うと、一気に箕方に貫《つらぬ》かれた。

悲鳴にならない声が空気を裂く。

思わず宙をつかんだ手が強く一度、箕方の手に握られ、そして離れるとすぐに背中を抱きかかえられて、志野の両腕は支えを求めて箕方の肩にしがみつく。

熱い…、灼《や》けるように熱い箕方を自分の内に感じて、志野はもう、何も考えられなくなる。

絶え絶えの呼吸だけが荒く、耳をつく。

「つまり俺がおまえの最初で最後の男か……。それも悪くない」

そっとつぶやいたその言葉とは裏腹に、なぜか……悲しげな、箕方の声が聞こえる。

最後の男――と、最後の逢瀬《おうせ》…………。

そっと目を開いた志野は、間近に箕方の恐いほどに真剣な瞳を見た。

まっすぐに見つめる瞳から、目を離すことができない。

箕方の指がそっと志野の唇をなぞり、そして、そのまま顎を捕られて、深く唇が重なる。

何度も何度も、まるで本当の恋人同士のように、おたがいが求めるままに与え合う。

最後だという思いは、それでも箕方を、優しい気持ちにさせるのだろうか……？

奪われるのでなく、与えられる初めてのキスに、志野は酔った。

――その時だった。

バタバタバタッ…と足早に廊下を駆けてくる音が、いきなり志野を現実に引きもどした。

自分のおかれている場所と状況を、突如、思い出す。さすがに顔色が変わった。

「離せっ、人が来る……っ！」

しかし箕方は冷静だった。

冷淡な笑みが、鋭利な頬に刻まれる。

「今日は卒業式だ。誰かに知られてもそう困りはしないだろう？」

「バカな……っ！」

志野はあわてた。そんな問題ではない。

そうするうちにも、どんどんと足音は近づいてくる。

「箕方……箕方、ダメだ！　早く離せ……っ！」

必死に引きはがそうとする志野に、箕方は逆に強い力でぐいっ…と引きよせる。

結合が深くなって、思わず志野はうめいた。

「と言われても、もうつながっちまってるからな……」

楽しげな低い笑いが耳に落ちる。
「このまま……二度と離れられなくなったらどうする？」
ハッ…と、志野は思わず顔を上げた。
背中を抱く腕の強さ。恐いほどの緊張をはらんだ声――。
どういうつもりでそんなことを言うのか、わからなかった。
箕方の双眸《そうぼう》はじっと志野を見つめているだけで、何の感情も読みとらせない。
息を呑む志野の耳に、廊下の足音が大きく響いた。
――ダメだ――！
思わず、指先がぎゅっと箕方の肩をつかむ。
観念した背中が、硬く強ばる。
――しかし。
その荒い足音はドアの前で止まることなく、そのまま遠くなっていった。
ふっ…と、緊張が切れ、一気に体中から力が抜け落ちる。
「……知られるのはそんなに嫌か？」
静かな声に問われ、志野は瞬間的な怒りにかき立てられた。
「あたりまえだろうっ……！　こんな……」
着崩れたシャツ一枚で男の腰を挟みこみ、男のものを受け入れているこんな浅ましい姿を、誰かに……見られるわけにはいかない。

しかし叫んだ拍子に身体に力がこもり、中にいる箕方の大きさを確認してしまう。

それに気づいて、箕方が小さく笑った。

「ほら、つかまれよ。早く終わりたいんだろう?」

つながった腰を軽く揺すられ、志野はくっ…と唇を噛みしめたが、言われるまま箕方の首に両腕をまわす。

しっかりと背中と腰をかかえ直して、箕方がゆっくりと動き始める。

「……っ、…ん…、あぁ……っ!」

よく知った甘い痺れが背筋を走り、思わずかすれた声が喉をついた時だった。

コンコン、とノックが響き、続いて、失礼します、という呼びかけ——。

一瞬にして、志野の背中が凍《こお》りついた。

とっさに叫ぶ。

「——入るなっ!」

しかしその制止は一瞬、遅かった。

ガチャッ…とやけに大きな音を立ててドアが開く。

あ…、と小さな叫びとともに空気が止まる。

たまらず、志野は箕方の胸に顔を伏せた。

背中に落ちたほんの数秒の沈黙が、志野には果てしなく重かった。

キリキリと心臓が痛む。

顔を上げる勇気も、弁解する余地もない。

その気の遠くなるような沈黙を破ったのは、箕方だった。

穏《おだ》やか、というより淡々とした声が、ありふれた業務でもしているような調子で言った。

「悪いな、遠野《とおの》。今ちょっと立てこんでいる。用ならもう少しあとにしてくれないか」

まるでかばうようにしっかりと志野の全身を腕の中に抱きしめ、大丈夫だ、とあやすような右手が志野の髪を撫でる。

その広い腕の中に隠れてしまおうとするように、志野は深く箕方の胸に埋もれたまま、どうしようもなく震えていた。

箕方の体温と匂いを強く感じる。

ぎゅっと目を閉じて、志野はただ必死に箕方にしがみつくことしかできなかった。

「あ…、は…い」

しばらくしてさすがに動揺した返事がもれ、だが続いて比較的はっきりとした声が答えた。

「わかりました。……いえ、開始の半時間前には一度、会長にチェックに来ていただきたいと思いまして。失礼しました」

どんな顔で言っているのか。

声は平静だった。――いきなりこんな場面を見せつけられた後輩にしては。

遠野は志野のあとを受けた次期生徒会長で、式の準備も実質的に彼が行っている。

ああ、と鷹揚《おうよう》に答えてうなずく箕方に、失礼します、と再びドアが閉まる。

何が起こったのかわからないほどの、短いやりとりだった。

「あいつ、知ってたのかもしれないな……」

苦笑いにも似た表情でぽつりと箕方がつぶやく。

「知って……?」

ハッとなって、志野は顔を上げる。

確かに遠野たち新執行部のメンバーには、長い引き継ぎ期間の間、ずっと二人でいるところを見せていた。だがそれはもちろん、会長と副会長としての二人で、決してそれ以上の会話や態度ではなかったはずだ。

それでも……?

心の奥底が他人にたやすく見えてしまうほど、無防備だったのだろうか……?

そんなにも、顔に出ていたのだろうか?

こんな場面を見られたことよりも、そのことに志野は衝撃を受けた。

「わりと切れるヤツだからな、あいつも。雰囲気、感づかれたかな……」

ことさら志野に言うわけでもなく、箕方がしょうがないな…、という様子で薄く笑う。

そして、ほら、と志野の身体をかかえ直した。

「やっぱりこんな日じゃ、楽しむというわけにはいかないようだな」

今さらながらに見られたショックで呆然とする志野を、テーブルに張りつけるように寝かせ、箕方は上から顔をのぞきこんだ。

「……だが式が終われば、もうやらせてくれないんだろう?」

「あ…たりまえだ……!」

「だったら……満足させてくれよ。でないと式の間中、飢えた目でおまえを見なきゃいけなくなる」

脅すように、からかうように言って、箕方は身をかがめ、そっと志野の唇にキスした。

観念して瞳を閉じた志野の身体を愛撫《あいぶ》しながら、箕方はゆっくりと動き始める。

甘い陶酔が身体の奥底から湧き上がってくる。じれったい想いと、疼くような感覚。

追われるのでなく、一緒に連れていかれるようなリズムに導かれる。

箕方の腕に、肩に爪を立て、志野は泣きたいような切なさに身を委《ゆだ》ねた。

抱かれるのが苦しいのではなく、優しくされるのが今は、つらい。

苦痛を凌駕《りょうが》するすさまじい快感だけが、体中に満ちてくる。箕方の熱を身体の内と外に感じ、侵《おか》されるように全身に広がっていく。

「あっ…、ああ……っ！」

激しく求められる喜び。たとえそれが、身体だけのことだったとしても。

我慢できずにすべてが弾けた瞬間、身体の奥にほとばしる箕方の熱を感じた――。


後始末をされ、身繕《みづくろ》いをする時間が、一番、やりきれない。

顔から火が出そうで、どうしても慣れない。

箕方がなぜ、こんなに平然とした表情ができるのか、志野にはいつも恨めしく思えた。

ほら、と渡されたブリティッシュ・グリーンのブレザーを、志野は無言で受けとった。

小さな息をついてそれを羽織り、床に落ちていた赤のタイを拾って結ぶ。そしてため息とともに、手櫛《てぐし》で髪をとかした。

情事のあとに身体に残る余韻は、いつも志野を落ち着かなくさせる。それでもふだんはなんとかとりつくろえるのだが、今日は高ぶったまま、気持ちが鎮《しず》まらなかった。

「……さあ、そろそろ出ないと、また遠野が呼びにくるかな」

箕方が横目に志野を眺めながら、どこか楽しそうにつぶやく。

志野は唇を軽く噛んだ。

さすがに遠野とは顔を合わせづらい。あんな姿を見られたあとで、いったいどんな指示が出せるというのか。

「立てるか?」

つい、と何気なく伸ばされた箕方の手に、志野はとまどった。

そんな気遣いもこれが最後だからか。

ふと、かすかな笑みが、唇をついた。

他の男に抱かれるつもりはない、と言った自分だったが、あるいは誰彼なく、身体を任せてしまうのかもしれないな…、と思う。

この男の温《ぬく》もりを追い求めて――。

「何を笑っている?」

怪訝《けげん》に尋ねてきた箕方に、いや、と短く答え、そして志野はふとそれに気づく。

そして無意識に手を伸ばしていた。

だらしなく曲がったタイが、引っかけられるように箕方の首から下がっている。

箕方は意外と不器用なようで、堅苦しいのを嫌うのと相まって、いつもまともにタイを結んでいなかった。

副会長にふさわしく、とそんな箕方のタイを、生徒会室を出る前に直してやるのが志野の習慣のようになっていたのだ。

シュル…という衣《きぬ》づれの音が、耳に沁《し》みる。

黙ったままタイを結び直す志野の指先を、箕方はされるままにじっと見つめていた。

こんなことが、本当にうれしかったのだ……。

いつもの作業をしながら、志野は胸がいっぱいになるのを感じた。

この男のタイを直してやれるのは自分だけだと、自分にだけ許された特権だと……、そんな気がして。それもただの子供っぽい自己満足にすぎないのだろうが。

キュッ…と苦しくない程度にしめ、まっすぐなのを確認し…、その広い胸を間近に見て、志野はすがりつきたくなる衝動を抑えた。

何かがいっぱいにこみ上げてくる。

今にも……溢れ出しそうだ――。

「世話女房みたいだな」

ポツリ…と、箕方がつぶやく。からかう、というか、ちょっと思いついたような調子だった。

「な…っ！」

いつもは軽く受け流せるたわいもない冗談に、今日の志野は気が高ぶっていたのだろう。目に見えて反応を示していた。

「バ…バカなこと…っ！」

うろたえる自分がわかって、そんな自分にさらにカッ…と頬が熱くなるのを感じる。

「おまえ……」

あわててタイから手を離し、顔を背《そむ》けようとした志野を見て、箕方が絶句した。

腕が引きよせられ、顎をとられて、強引に正面向かされる。信じられないという双眸が志野を見つめ、その指先が頬に伝うものをそっとぬぐった時、初めて志野は自分が泣いていることに気づいた。

泣いて……いたのだ——。

「まさか、おまえ……」

息をつめるようにして、箕方が聞いてくる。

「俺のことが……、好きなのか……?」

大きな手のひらが、志野の頬を包む。

——知られた……!

志野は一瞬にして、頭が真っ白になった。

「違うっ!」

とっさに叫んだ否定の言葉は、激しすぎた。あからさまに嘘だとわかるほど。

いきなりのことに、本心を隠す余裕もなく動揺する志野に、箕方は深く息をついた。

「そうか……。そうだったのか……」

「か…勝手に決めるなっ！　誰もそんなことは言ってないだろう!?」

まったく初めて見せるくらいあわてふためいて、まるでだだっ子みたいになって必死に否定する。

そんな志野を、箕方は信じられないくらい優しい目で見つめてきた。

「そうだな。気がつかなかった俺もどうかしている。おまえ、いっつも俺をこんな色っぽい目で見てたのにな」

「だから違うと……！」

自分の言うことを一つも聞こうとはしない箕方に腹を立て、また言い訳の言葉もない自分を知っているだけに、志野はどうしようもなくがむしゃらに首をふるだけだった。

「そうとわかってりゃ、こんなまわり道なんかせずにすんだものを……」

違う違う、と頑固に繰り返して、箕方の腕の中でもがく志野を、箕方は力づくで抱きしめた。そして耳元で、くっくっ…というやわらかい笑い声を落とす。

「キレイなヤツだとは思ってたが…、案外、かわいいヤツだったんだな。——え？」

「あぁ……」

バタつく両手を右手で封じて、もう片方で顎を持ち上げ、深く口づける。

呼吸を求めて荒く息をつく涙に濡れた目を見つめながら、箕方が満足そうに微笑《ほほえ》む。

「最高だ。俺はまた失恋するんだとばかり思ってたからな……」

何を言っているのかわからず、志野は唇を震わせたまま、呆然と箕方を見上げた。できることなら、このまま卒業式も何もかも放ったらかして、今すぐこの場から逃げ出したかった。自分の気持ちを知られて、そのまま平静な顔で箕方の前にいることなどできるはずがない。

だがそんな志野に、箕方は思いがけない言葉を落とす。

「まだわからないのか？　俺はおまえにずっと惚《ほ》れてたんだぜ……？」

一瞬、目を見開いた志野は、それをくつがえすように強い調子で切り捨てた。

「嘘をつけっ！」

だが箕方はまったく動じなかった。

「本当だ」

「嘘だ！　……そんなこと……信じられるわけがないだろうっ!?」

からかうのはやめろ、と叫びたかった。

この期に及んで。これ以上……みじめな思いはさせないでほしいのに……！

「信じろよ」

静かに、言い聞かせるような箕方の声。

「信じられるかっ！」

顔も横を向けたまま志野は耳をふさいだ。

聞け、と箕方が志野の両手首をつかむ。

「……どうして俺が進学に希望を変えたか、わかるか？」

唐突な話の展開に、志野はえっ…と箕方を見上げる。

「けなげだよな、俺も……」

つぶやく箕方に、志野は一瞬、目をむいた。

けなげ、という言葉ほど、箕方に似合わないものはない。

「おまえのせいなんだぞ？」

「な…にが……？」

震える小声で、混乱したまま志野が尋ねた。

箕方は軽く頬を緩めるだけで笑った。

「俺が一時期荒れていたのは、おまえが一番よく知っているはずだ。そうだよな、おまえに全部ぶつけてたんだからな……」

志野は落ち着きなく、視線を漂《ただよ》わせる。

何のことを言っているのかはわかった。

箕方の昔の恋人で現在の義母のこと。そして、その義母に子供ができたこと。そのことで感情の持って行き場がなく、志野を抱いたこと……。

「だがおまえは全部……受け止めてくれた。何も聞かずにな」

受け止めた、というより。

うれしかったのだ、志野にとっては。箕方の感情に触れることができるのは……。

「不思議だったよ。おまえだけはいつも俺に刃向かってきて、俺にだけ攻撃的で…、それが急に生徒会に入れと言い出して、……な。おまえだけは俺を避けることなく、いつでも真正面からぶつかってきた。俺がおまえを力で抱いても……、おまえの気持ちは決してそれに屈することはなかった」

箕方の言葉を聞きながら、志野は息を呑んで彼を見つめるばかりだった。

「だから、だろうな…。慰《なぐさ》めとか同情じゃない。勝手な言い草だが、おまえを抱くと……、気持ちが安まった。——わかるか……？　おまえが癒《いや》してくれたんだ、俺の傷を……」

志野は無意識に首をふっていた。そんな立派なことは何一つ、してはいない。

箕方が低く笑った。

「かまわないさ、おまえが知らなくても。ただ俺は…、おまえがいてくれて救われた。おまえを抱いて、おまえの温もりに触れて、少しずつ、自分をとりもどしていった……」

箕方が志野の右手をとり、指を絡め、その指先に口づける。優しい仕草だった。

「おまえのこの身体が自由になるのは一年だとわかっていたが、もっと……欲しくなった。未練だとも思ったが思いきれなくて……、大学をおまえの志望の近くの大学に決めた」

「そ……」

志野は絶句した。

そんな……、自分の方こそ外部に大学を決めたのは、箕方のせいなのに。すべて用意されたままの道を歩くのが嫌で、少しでも自分自身の道を見つけたくて。

ずっと昔、心の中にあって忘れていた夢を思い出したのだ。

昔、両親の夫婦仲が険悪だった頃、家に帰りたくないと思っていた時期があった。結局はそこに帰るしかなかったが、大人になったら、自分で家を作ろう、と思っていた。

自分で居心地のいい家を作って、そこに住めば誰もが優しくなれるように――。

それは夢、というほどはっきりしたものではなかった。今でさえ、自分の目指す道が建築家と呼ばれるものなのかどうかもわからない。

だが、たとえそれがまわり道になったとしても、それでも自分の足で踏み出してみれば、何かが見つかることを確信していた。

大学の志望を外部の、しかも建築の方面へ変更した時、両親も担任もいっせいに反対した。それでも志野は、強引に押しきった。

そこまで自分が強く出られたのは、箕方の存在があったからだ。――なのに。

「いつまでも子供っぽい反抗の仕方をしても意味がない。自分の生き方で反抗を見せてやろうと思ってな。だから進学に希望を変えた」

志野はただ呆然と、首をふり続けていた。

信じることなどできるはずがない。

あの箕方が……、自分のために近くの大学を志望した……？

「信じられないか？」

志野の髪を何度も何度も指先でかき上げつつ、箕方が苦笑いをもらした。

「……嘘だ……」

きっと——からかっているのだ。

頑なに、にらむくらいきつい目で低くうめく志野に、箕方はフッ…と唇の端を持ち上げて挑発した。

「信じるのは恐いか？　憶病モンが……」

「そうだよっ！」

カッ…としながらも、志野は感情のままにわめいた。

恐い——。そうだ。恐いのだ。

信じて……そして裏切られたら……、きっとその傷は深すぎて立ち直れない。

箕方がゆっくりと志野から身体を離し、視線はじっと志野にとめたまま、不敵に笑った。

「じゃあ、信じさせてやる」

強い、自信に満ちた声——。

思わず志野が息を呑むほどに。

「証明してやるよ」

そう言って、箕方は身をかがめ、そっと志野の頬にキスを落とした。

あまりにさりげない仕草に、志野はされてしばらくしてようやくその意味に気づき、さっと顔を赤くした。

身体の関係にまで行っていながら、なんだかあまりにもプラトニックなキスが、かえって気恥ずかしかった。

「始まるぞ」

軽く顎を引いてうながした箕方に、志野は顔を上げられないまま、ようやく立ち上がった。

※　　　　※

高校最後の儀式が、始まろうとしていた――――。

「卒業生答辞。代表、志野友之」

卒業の日も、あとこの答辞と式歌を残すのみだった。

とりもどすことのできない「時代《とき》」への最後の挨拶《あいさつ》の場にふさわしく、静寂の中に過去へのわずかな痛みと懐かしさ、そして未来の可能性への不安と意気込みが満ちている。

横にすわる男の視線がじっと注がれているのを、志野は全身に感じていた。

生徒会役員はそれぞれに式で役割がついているため、卒業生の最前列にすわっている。

当然、志野の横には副会長である箕方がいた。

会長である志野は例年通り答辞が、そして副会長の箕方にも、卒業生から学校への記念品贈呈《ぞうてい》があり、彼の方はすでに淡々と目録を読むその役目を果たしていた。

はい、と立ち上がった志野は、ゆっくりと正面の段を登る。

——証明してやる、と言った、箕方の声が耳に残っている。

だが、いったいどうやって……？

広い演壇に立ち、一礼する。

視線が、一瞬、絡んだ。

まっすぐに向けられる眼差しに、激しくなる胸の動悸《どうき》を抑え、志野はそっと深呼吸する。

見られているのは、箕方にだけではない。今、全校生徒、教職員、来賓の目が自分に向いているのだ。——そう自分に言い聞かせて。

だが、誰よりも強く、箕方の目を意識してしまう。

それをあえて考えないようにして、はらり…と奉書紙《ほうしょがみ》を開いた。

「答辞」

静かな声が、会場に沁みこんだ。

ふいに桜が、志野の目の前で舞ったような気がした。

三年前。桜の季節に初めて箕方と出会った。

こうなることなど、予想もしていなかったのに——。

季節を重ねるごと、どうしようもなく惹かれていった。反発し、傷つけられ、傷ついても——それでも。

今日、この日を境に、すべてがセピア色の切ないくらい懐かしい思い出に変わる。

楽しかったことも、苦しかったことも。うれしかったことも悲しかったことも。すべて。

不思議なものだ。この高校に来ていなければ、箕方と出会うこともなかった。こうしてここに立っていることもなかった。

何の疑問も持たず、まわりに決められた道を歩いていただろう。

いったい何が必然で、何が偶然だったのか。

それでも——。

不思議に志野の心は凪《な》いでいた。

それでも、彼と出会ったことを後悔するわけではないのだ――。

「……年三月一日。卒業生代表、志野友之」

最後の一字まで、文字から目を離さずに志野はゆっくりと読み終える。

女生徒のすすり泣きが小さく空気を揺らす。

二度と返ることのない三年間を、あるいは二度と訪れることのないかもしれないこの校舎を、――そして二度と……会えないかもしれないあの男を――決して忘れることはない。

忘れることなど、できない。

目の裏が熱くなる。心が、震える。

そっと、志野はその男に視線をやった。

まっすぐに志野を見つめていた瞳が、それに応えて小さく笑った。

――何を、泣きそうな顔してる？

そんなふうに問いかけるように。

まぶたに力をこめ、志野は深い息をついた。答辞を畳もうと、手元に視線を落とす。

――と。

ざわり、と会場が揺れた。

え…、と思う間もなく、志野は目の前に男が近づいてくるのを見た。

箕方が、正面の段をゆっくりと登ってくる。

あっけにとられたように全校生徒、教職員が彼の姿を追っている。制止もできないまま。

志野は瞬《まばた》きもできずに、彼を見つめた。

ぐるりと演壇をまわりこんできた箕方は、余裕に微笑んだままだった。

「言っただろう?」

そっと、ささやく。

「証明してやる」

志野の手から、答辞がすべり落ちた。

箕方の指が志野の顎をすくいとる。

眩暈のするようなキスだった。

されるままに――――心臓が止まりそうだった。

どのくらい……続いたのかわからない。

放心状態で、志野は箕方を見上げた。

箕方はちょっと笑って、唾液《だえき》に濡れた志野の唇を指の背で軽くぬぐった。

わぁっ…、と突然耳に飛びこんできた喚声《かんせい》に、志野はやっと我に返った。それまで何一つ、耳に聞こえる音はなかったのだ。

何をしたか、何をされたか、初めて気がついた。

卒業式に――全校生徒の前で……!

「み…か……！」

怒りとも羞恥ともわからない。一気に頭に血が昇る。

箕方は立ち尽くす志野の手をぎゅっと握りしめた。

「逃げるぞ」

楽しげに短く告げると軽く身をかがめ、マイクに向かって一言、箕方が答辞を残した。

「じゃあな」

――と。

そして、箕方は志野を引きずるようにして舞台の袖へ駆けこみ、そのまま裏口から外へと飛び出した。

背後で阿鼻叫喚《あびきょうかん》の騒ぎが巻き起こっていた――。


冬の冷気が肌を刺す。

走る二人の口からこぼれる息が白い。

だがそれすらも、志野は気づかなかった。

箕方に手をとられ、箕方の背を見ながら、ただ、走る。

全校生徒が体育館へ移動しているため、人気のない校舎の玄関をくぐり、ようやく息をつく。

体育館のざわめきがここまで響くほどで、むこうでは収拾のつかない混乱状態のようだ。無理もない。

やれやれ…、と他人事に箕方が息をつく。

そして志野をふり返り、

「わかったか?」

と聞いてきた。

ようやく混乱から覚めて、志野は猛烈に腹が立ち……そして今さらながらに、自分のしたことに愕然とする。

「どういうつもりだっ!」

拳《こぶし》を握り、うわずる声で叫んだ志野に、箕方はあっさりと言った。

「証明してやる、と言っただろう?」

おまえが信じないのが悪い、と言わんばかりの口調に、志野は口を開けたまま次の言葉が出せない。

そんな志野に、箕方は下駄箱にもたれ、タバコを探すようにポケットに手をやった。

「……だが今だったら、おまえは被害者ヅラができるんだぜ?」

火をつけてから、箕方は静かに言った。

志野に向けられた表情は、恐いくらいに真剣だった。

「俺がずっとおまえに想い焦がれてて、ついに爆発した……ってな」

冗談のような口調で、しかしその目は笑ってはいなかった。

志野は理不尽にもなんだか追いつめられているような気がして、あわてて視線をそらす。

顔は横向けたままに、低くうめいた。

「誰がそんなこと信じるっていうんだ……っ」

「信じるさ」

あっさりと、箕方は答えた。

「遠野にだってバレてたんだ、俺の気持ちは」

ガラス戸につけた志野の背中が、ビクリと震えた。

そんな、遠野に知られていたのは箕方の、ではなく自分の……。

箕方は小さく、自分を笑った。

「そうだろうな……、毎日、用もないのに生徒会室にいすわって……ただおまえを見て。毎日、新しいことに気づいた。おまえの芯の強さ、潔さ、優しさ。強情さも、……それに時々、見てて危なっかしいようなもろさも……な。ますます目が放せなくなって、気がついたら他には誰も見えなくなっていた」

志野は瞬きもできずに、呆然と箕方を見る。

箕方がゆっくりと志野に近づいてきて、すっぽりと身体を囲うように両肘《りょうひじ》をガラス戸につけた。吐く息までがおたがいに届きそうだ。

「おまえが好きだ、志野」

かすれた声が直接心臓へ流れこむ。

まっすぐに見つめる目。

体中の血が逆流しそうな……、体中の毛が逆立ってしまいそうな感覚に包まれる。

地に足がついていない。

こんなにも……恐いものだとは思ってもみなかった。好きな人に好きだと言ってもらえる、気の遠くなるような幸福は――。

「まだ、信じられないのか？」

返事のできない志野に、箕方が困ったような表情《かお》で短く嘆息した。額に皺がよる。

「あれ以上、俺にどうしろというつもりだ？」

志野は泣き笑いのような顔になっていた。

こんな、箕方の顔なんか見たことがない。

こんな……素直な、ありのままの、かわいいくらいに……。

もう、なんと応えていいのかわからずに、全然関係ないことが口をついて出る。

「副…会長のくせにタバコなんか吸って……」

箕方は右手の中指と人差し指の間に漂う煙をちらっと見て、苦笑した。

「もうお役ごめんだろう?」

「そうだよっ! もう関係ないんだろうっ!? 箕方と僕とは……もう……」

思わず飛び出した自分の言葉に、志野はあせった。

ダメだ……、こんなことを言いたいわけじゃない……!

しかし箕方はクッ…と喉で笑った。タバコを足元へ落とし、丹念に爪先《つまさき》で踏み消す。

そして前髪をかき上げながら、少し照れくさそうに言った。

「コイツがやめられなかったのはな……、おまえのせいなんだぜ?」

思いがけない言葉に、志野は顔を上げる。

「そうだろう? 俺が生徒会室へ行くのはタバコを吸うためだったんだからな。タバコをやめたら、行く理由がなくなるじゃないか」

……僕に、会うために……?

ポタ…、と熱い涙が一つ、また一つと頬から流れ落ちる。

もう、隠すこともぬぐうこともできない。

「志野……」

箕方が志野の濡れた頬に手をあてて、その身体をそっと胸に抱きよせた。重力に引かれるように、志野は箕方の胸に顔を埋《うず》める。

口だけが素直じゃなく、しゃくりあげながらうめく。

「バカ……、禁煙……しろ……」

もう、生徒会室へ行く必要はないんだから。

志野の両腕が箕方の肩にしがみつく。

箕方の手が志野の髪をすき上げる。

「そうしたら……」

きっと、愛してる――――。

「……そうしたら?」

先をうながすようにそっと耳元で尋ねた口調は、確かに答えを知っているように、満足げな笑みを含んでいる。

蛍の光が遠く流れてくる。門出《かどで》の曲が。

「一緒に暮らそう。これからゆっくりと恋人になっていこう。……いいな?」

卒業は終わりじゃない。
すべての始まり――なのだから。

※

※

そして二人の残した「答辞」は、春の嵐にも似て、学院中を席巻《せっけん》する――。

end.

送辞

泰斗《たいと》が後ろから僕を呼び止めたのは、家の近くの公園まで来た時だった。

昔、二人でよく遊んだ場所だ。今でも近道だから、僕たちの通学路になっている。

卒業式の帰り道。

自分たちの、ではなく、高校で迎えた初めての卒業式だった。

同じ門出《かどで》の儀式でも、やはり中学校の延長のような高校生活へ進むのとは意味が違う。郷里を離れた大学生活、あるいは就職への道を進む者もいる。距離的にも、そして精神的にも大きな一歩を踏み出す高校の卒業式は、中学のそれとは重みにも格段の差があった。

横を歩く泰斗の口数がいつになく少ないとは思っていたが、やはり特定のクラブに入っていない自分とは違って、陸上部にいる泰斗には見送った先輩も多かったのだから、その感傷《かんしょう》に浸《ひた》っているのだろう、と思っていた。

自分でさえ、委員会で世話になった先輩を見送ることでしんみりしてしまうくらいだ。

そんな空気を引きずったまま歩いていた僕はふいに名前を呼ばれ、はっと足を止めた。

数歩後ろで止まったままの幼馴染みを、怪訝《けげん》な顔でふり返る。いつになく思いつめた表情の泰斗が、じっと見つめてきた。

「どうしたんだ?」

聞き返したものの、見たこともないくらい真剣な泰斗の顔に、漠然《ばくぜん》とした不安を覚える。

泰斗がゆっくりと数歩の距離を縮めて、僕の目の前に立った。

高校に入ってめきめきと身長を伸ばした泰斗とは、今ではゆうに頭一つ分くらい違う。

体つきにも顔つきにも精悍《せいかん》さが増して、なんだか結構イイ男に育ってしまった——のに、僕はちょっとした悔しさと、そして誇らしさ、みたいなものを感じていた。

「偲《しのぶ》」

もう一度、泰斗が僕の名を呼んだ。

かすかに語尾が震えているような気がした。

ちょうど助走に入る前、高跳びの棒をにらむ時のような、厳しい表情。

さすがに僕も、何かあったのかと身構えた。

だがそれは、予想を遙《はる》かに超えた言葉だった。

「偲…、俺、おまえが……好きだ」

◇

◇

「ああ……、いたいた。遠野《とおの》くん」

棚に本をもどそうと手を伸ばしかけたところで後ろから呼びかけられて、ふっとふり返ると、白衣に身を包んだ養護の秦野《はたの》先生がいつもの穏《おだ》やかな顔でにこにこと近づいてきた。六月の初夏の風をそのまま羽織ったような、そんな涼《すず》やかな風情《ふぜい》がこの先生にはある。

「こんな時間までご苦労さま」

その言葉は、僕が今期の図書委員長だということをふまえてのことだろうが、僕は、いいえ、と首をふった。

「今日は自分の宿題をすませるのに残っていただけですから」

そう、と相変わらずやわらかく微笑《ほほえ》んだまま、先生はうなずいた。

穏やかで人あたりがよく、めんどくさがらずに生徒の話を聞いてくれる秦野先生は、学校でも人気の教師の一人だったが、実のところ僕は少し、苦手としていた。

いつも優しい笑顔だったが、実際に何を考えているのか、読めないところがある。と言って、もちろん、嫌いなわけではない。泰斗の方がちょくちょくお世話になっている関係で、わりとよく話す先生の一人でもある。

「先生こそ、何か調べものですか?」

「ああ…、いや。君を探してたんだよ。伝言を頼まれてね」

「伝言?」

「そう。練習が終わったから、着替えてくるまで校門のところで待っててくれ…、って。

中道《なかみち》くんから」

それを聞いて、僕はあぜんとした。

「泰斗、あいつ……、先生にそんな使い走りみたいなこと、させたんですかっ？」

いやいや、と首を傾けて先生が苦笑いする。

「ちょうど行き合ったものだから。図書館は保健室に帰る途中だったしね」

「まったく……。すみませんでした」

自分のせいではないはずだがかえって恐縮してしまった僕に、先生は軽く肩を揺らせた。

「仲がいいんだね。相変わらず」

静かに微笑んだままじっと見つめてくる瞳に、僕は思わず言葉につまる。

……正直言って、苦手、というより、この先生には何か見透かされているようで恐い、というところだろうか。

じゃあ、気をつけて帰ってね、と手を上げて去っていく後ろ姿に、ホッ…と安堵《あんど》の吐息をつきながら、僕は改めて手にしていた本を書架へ返した。

席へもどって荷物をまとめ、ふと、窓の外を見ると、確かに陸上部は今日の部活を終え、あと片づけを始めていた。

視線が自然と一点に吸いよせられる。

夕焼けの中、高跳び用の大きなマットを引きずっている黒い影が——多分、泰斗だ。

グラウンドに面した二階にあるこの図書室からは、クラブの様子が一望できる。

一年の時、うっかりやらされてしまったクラス委員が二年になってからも定着し、生徒会を交えた委員長会でさらに図書委員長というものに抜擢《ばってき》されたわけだが…、実際のところ何かの役を負わなければならない、とわかった時選んだのが、この図書委員だった。

もちろん、本は好きだったし、図書館の雰囲気にも馴染みがある。

だが、それだけの理由だっただろうか？

毎日のように、この窓からの景色を眺めながら、僕はそのことに気づき始めていた。

そのために――僕は図書委員を選んだのではないのか？　この窓から外を……泰斗を見ていられる。そのためだけに。

いや、委員の仕事自体、そうだった。

一年の時も、今も。

余分な仕事は確かに面倒だったが、それでも決して嫌だとは思わないのは、きっと、それがいい口実だったからだ。

クラブにも入っていない自分が、今までと同じように泰斗と一緒に帰ることができる…、それまでの時間を潰すことができる、絶好の言い訳になるからだ。

すべて無意識のことだったけれど。

去年は、そのことに気づいてもいなかった。

だが今年は、否応《いやおう》なく考えさせられる……。

ハァ…、と吐息して、僕はカバンを持ち上げた。

今日の当番に声をかけ、司書の先生に挨拶《あいさつ》して階段を下りる。

毎日、というわけではなかったが、たいてい僕たちは待ち合わせて帰宅していた。

もちろんクラブをやっている泰斗と下校時刻は違うが、特別な用がない限り、僕は放課後をこの図書館で過ごしていた。時には委員会の集まりもあったが、僕の方が遅ければ泰斗は必ず、僕を待っていた。

そして朝は泰斗が迎えに来た。幼稚園の時から変わらず、毎朝、同じ時間に。僕の家と泰斗のところとは、徒歩で二分と離れていない。

だから、そう、幼稚園の頃からの、それは単なる習慣だったはずだ。

それが特別だとも、不思議だとも考えたことはなかった。

——あの時までは。

三月の卒業式の日の帰り道。

あれ以来、形のない、漠然とした不安が心の中に生まれていた。

今、自分の立っている足場がひどく危うい気がする。なんだか不安定で、落ち着かなくて。

クセになったようなため息をつきつつ、伝言の通り校門で待っていると、左肩に紺のスポーツバッグ、右手に学生カバンを提げた長身の男が一直線に駆けてきた。

大柄な泰斗の姿は、遠くからでもすぐにわかる。そのまっすぐに走ってくる力強いフォームは、瞬《まばた》きもできないほどの力で僕の目を惹《ひ》きつける。

「悪い、偲。待たせたなっ」

白のカッターをシャツの上から急いでひっかけたようで、ボタンも二つ三つ、かけていないままだった。

「ふぃーっ、さすがに暑くなってきたなー」

僕の前まで来てようやく息をつき、胸元をパタパタとあおぎながら、額をぬぐう。

ふわりと漂《ただよ》った汗の匂いに、僕は思わずドキリ…とした。

「衣替えももうすぐだしね」

何気なく歩き始めながら視線をそらし、僕はさらりと受け答えた。そのあとをあわてて追いかけるように、泰斗が横に並んでくる。

「夏服かぁ…。なんか、いいよな。薄着って」

冬服と比べて胸元や袖口が大きく開く、シンプルなデザインの女生徒のブラウスに、やはり毎年この時期、男たちも色めきだつ。

その男の端くれである幼馴染みの心なしうれしそうな言葉に、僕はなんだかちょっとムッ…として、ちくりとクギを刺した。

「下心がありそうな言い方だな」

「まっ…まさか。そういうんじゃないよ。薄着だと身体が軽くなるだろ？　その感覚がいいな、って……――あ、なんだよ？　その目は……」

あわてて言い訳する泰斗だったが、僕の胡散臭《うさん》そうな眼差《まなざ》しにちょっと鼻の頭をかいた。

「……いや、まぁなぁ。そりゃ、女の子の薄着も目の保養にはいいと思うさ。……けど」

短く息を継いで、泰斗はちらっ…と僕に意味深な笑みをよこした。

「俺にはおまえの薄着の方がみょーにまぶしいけどな」

冗談めかした言葉に、一瞬、息が止まる。

「……バカか」

ほんの一呼吸ほどの間をおいて、僕はようやく嘆息した。

「まだそんなこと言ってるのか。せっかくの共学なのに、何を今さら好き好んでそんな不毛な関係にならなきゃいけないんだ？」

しらふでそんなセリフの言える泰斗にあきれたのが半分、そして気恥ずかしさ半分で、つい冷たい口調になっていた。

だが泰斗は気にしたふうもなく、ひょうひょうとした様子でつぶやいた。

「何を好き好んで、なんだろうなぁ……」

――だけど、好きなんだからしょうがない。

苦笑した横顔から、そんな言葉が聞こえるようだった。

卒業式からすでに四カ月あまり。

あの日、あの時の返事は、まだしていない。

というより。できないでいる。

何と言えばいいのか——、どう応えればよいのか。まだ僕は見つけられないでいる。

そんな僕を、泰斗はそのまんま、受け止めていた。

時折、ふっとタイミングがズレたようなぎこちなさはあるものの、以前と変わらぬ「親友」を僕たちは続けていた。

あの時の告白はほんの冗談だったのだ、と、そんな暗黙の了解が成立しているように。

だが同時に、冗談だと思っているふりをしているのだ、ということも、おたがいに知っていた。

実際、今みたいに思わせぶりな言葉を泰斗があえて口にすることがある。本気なんだぞ、と、時々、思い出させるみたいに。

つきあってほしい、と、あの日、泰斗は言った。つまり今までみたいんじゃなくって、とコソッ…とつけ足した。

でも、返事は急がない、と。

『なんせ、この気持ちに気づいてからもう一年だもんな…。でもホントはもっとずっと前

からそうだったんだ。気がつかないフリ、してただけで、さ……。だから』

いつまでも待てる。

ずっと待ってる——、と。

そう言った言葉通り、泰斗は決して自分の気持ちを押しつけることも、追いつめることもせず、必ず僕に逃げ道を残してくれていた。

僕たちの関係を、決定的なものにしてしまわないように。

泰斗が、というより、僕が、それを恐れていることを……泰斗は知っているのだ。

泰斗は昔からいつも…、あるいは僕自身よりも正確に、僕の気持ちがわかるようだった。

たとえば、体育祭やクラスマッチで出場競技を決める時。だいたいスポーツは万能なはずの泰斗が、なぜかいつも最後の方まで決定を保留していた。それは多分、僕が……なかなか競技を決められなかったからだ。

泰斗と違って、スポーツというと僕はそれほど得意な方じゃない。別に引っこみ思案な性格《たち》でもなかったが、どれでも同じだ、となかば投げやりに思っているうちに、友達が次々と種目をとっていくのだ。そんな僕の先まわりをするように、泰斗は僕の苦手なものを先にとってくれていた。

いつしか、そんな優しさや気遣いがあたりまえになっていて。

泰斗といると、いつでも安心できた。泰斗にだけは、よりかかれるような気がしていた。

それを特別な意味にとらえたことはない。

親友として以外の泰斗など、考えたこともなかった。――なのに。

あの卒業式の日を境に、それまでの均衡《きんこう》が一気に崩れたのだ。

あれから僕は泰斗を意識して。何気ない表情の下で、過敏なくらいに意識して。

その言葉一つ、動作一つに息をつめて。

僕は軽く唇を噛《か》んだ。

――知って、いたのかもしれない。

親友としてしか考えたことがなかった、なんて、自分自身に言い聞かせてきた嘘だ。

きっと泰斗は、気づいていたのだろう。僕の中の僕自身でさえ気づかなかった想いに。

だから泰斗は……僕に意識させるために、それを告げたのだ。

親友、というシェルターにこもっている僕に、そっと呼びかけるように。

それは泰斗の優しさだとわかっていたが…、でも、それが今度だけはなんだか悔しい。

心の底にあったはずの僕の気持ちを、いつの間にか悟られていた、という羞恥《しゅうち》のせいか。

なんでもかんでも先まわりするなよっ、という、子供じみた腹立たしさがあったのだ。

でも、そんなことを顔に出せるはずもなく。

いつものようにたわいもない会話を続けながら歩いていた僕は、公園の端に咲いている
紫陽花《アジサイ》の葉の陰にいた緑色のモノに、ふと、目が止まった。ふいに、心の隅にムクッ…と

我ながら理不尽な復讐心が湧いてくる。

泰斗は幼稚園の頃は結構チビでいじめられっ子で、いつだったか靴にカエルを入れられたことがあって。それをうっかり踏み潰してしまってから、カエルの声を聞いただけでまわり道するくらい苦手としていた。

僕はすっとかがんで、素早くそれを手の内に収めた。

「んー？　どうしたんだ、偲？」

半歩先を行く泰斗が、僕が遅れた気配に気づいて尋ねてくる。

「……ちょっとね。イイもの見つけた」

にこっ、と罪のない顔で僕は笑ってやった。

ふり返った泰斗の顔がまぶしい。

先に告白されたことがちょっと悔しくて。

自分に認めることがちょっと恐くて。

「――ほらっ！」

大きな声とともに、僕は手の中のそれを泰斗の顔面めがけて放り投げた。

かわいい小さな雨蛙《あまがえる》が、ぺたん、と泰斗の顔面に張りつく。

「何、しの…、――ひっ…ひゃぁぁぁぁぁっっっ！」

バッグもカバンも放り出して、泰斗が情けない悲鳴を公園中にとどろかせた。

何事かと、近くで遊んでいた子供たちが遠巻きに眺める中で、泰斗は太い手足をバタつかせてもがいている。

「しっ……しのぶっ、てめ――っ！」

すでに蛙の落ちた顔面を、真っ赤に皮がむけるくらいゴシゴシとカッターの袖口でこすりながら、泰斗がわめいた。

「また明日、泰斗！」

僕はけらけら笑いながら、泰斗に背を向けて駆け出した。

そっと……そぉっと。

このあやうい関係を壊さないように。

何事もなかったふりをして。

◇

◇

僕たちは二年に進級していた――。

初夏、といって僕にはそれほどの感慨もないが、運動部にとっては正念場の季節らしい。そこそこの進学校である竹叡《ちくえい》学院でも、インターハイ予選となる県総体が開催されるこの時期は、各クラブ、練習にもかなり熱が入っていた。

土日を挟んだ四日間の期間中は授業がなく、選手以外の生徒は自主応援の形になる。僕はもちろん、陸上の応援に行っていた。

今までも、こんな大きな大会でなくとも、どんな小さな大会でも記録会でも、県の合同強化練習でさえ、僕は県営の陸上競技場まで足を運んで、泰斗を見に行っていたのだ。僕にとっても馴染みのスタンドに入ると、探すほどもなく自然と泰斗の姿が視界に入ってくる。

短パンにランニング、と同じような格好の陸上選手が百人以上もいる中で、なぜか泰斗だけが鮮《あざ》やかに目に飛びこんでくる。

泰斗は隅の方で、クラブの他のメンバーと一緒に身体をほぐしていた。スタンドをぐりと大きくまわりこんで近づいて行くと、張りつめた厳しい表情に汗がにじむのが見えた。

初夏というよりは、真夏に近い陽気だ。

フィールドに向かう時の、泰斗のストイックな横顔が好きだった。いつもドキドキする。ふだんのおおらかなほどの穏やかさが影をひそめ、まっすぐに何かに立ち向かうような瞳に、吸いこまれるようだった。

と同時に、僕には入っていけない世界に一人で向かっているような…、おいてけぼりにされたような孤独感を、いつも感じてしまう。

ちょうど、このスタンドとフィールドとを切り離すフェンスのようなものが、僕たちの間に存在しているように。

泰斗には泰斗の世界があるのだし……泰斗なりに目指すものがあるのはわかっている。

それが少し淋《さび》しい、と思うのは、単なるわがままなのだろう。

それでも、そんなものが何一つない自分をふり返ってみると、泰斗の方が一歩も二歩も前を歩いているような……、そんな淋しさと悔しさ、そして自分に対するもどかしさにいらだってしまう。

僕は少し離れたところに立ったまま、声をかけることもできずにじっと泰斗を見ていた。

いつもより、少し緊張した雰囲気だった。

やはり、大きな大会だからだろうか。

一通りウォームアップも終わったところでマネージャーか後輩か、女の子からタオルを渡されて、それで汗をぬぐう泰斗に、ざわりと胸が疼《うず》いた。

——と、泰斗が僕に気づく。

「偲！」

軽く手を上げて近づいてくるのに、僕もようやくスタンドの一番下まで降りた。

「来てくれたのか」

日に焼けた顔がうれしそうに笑った。

険しい顔つきだと精悍で鋭角な印象が、笑ったとたん、人懐《ひとなつ》っこいものに変わる。

「いつも来てるだろう」

笑って返す僕に、そりゃそうだけどな、と泰斗がちょっと決まり悪そうに肩をすくめた。

「どう？　調子は」

「……まぁまぁ、かな」

いくぶん、歯切れが悪いのが気になった。

もっともいつも、絶好調！　とは気負わない泰斗だったが、悪くない、くらいの自信、というか、余裕は持っているのに。

僕はつとめて明るく言った。

「自己ベストが出れば勝てるんだろう？」

「まぁ、な。簡単じゃないだろうけど」

「やれるよ」

あえて力強く言った僕に、そうだな、と泰斗はうなずいた。

後ろから女の子の泰斗を呼ぶ声がする。

「すぐ行く!」

 と、返してから、じゃ、と一歩離れかけた泰斗は、ふっと、僕の目を見つめてきた。

「なぁ、偲…。もし、俺がこの大会、勝ったら——」

言いかけて、ふっ…と口をつぐむ。

そして息を一つついて、小さく笑った。

「——いや、何でもない。見ててくれよな」

それだけ言って、泰斗は走り去った。

勝ったら——、と。

泰斗がその先に何を言おうとしたのか……。

僕は知っているような、知らない方がいいような、そんな複雑な想いを抱えたまま、他の応援に来ていた同級生たちに呼ばれるまま、スタンドの席に着いた。

泰斗は、ハイジャンプ一本に絞っていた。

他にも短距離や幅跳びなんかもそこそこやれるし、うまくすればそれらでもインターハイを狙えるのに、という話を聞いたことがある。が、泰斗は公式戦で高跳び以外に出場したことはなかった。

もともと泰斗は、記録、というものにこだわってはいなかった。もし、記録を伸ばすことを第一に考えるのなら、竹叡へ進学するべきではなかっただろう。実際、県で歴代二位の中学記録を持つ泰斗には、陸上での推薦《すいせん》がいくつも来ていたはずだった。

一緒に行こう、と二人で決めてきた竹叡だった。泰斗と別々の高校になる、なんて考えてもいなかった。

だが泰斗には無理をさせたのだろうか……？

ふと、不安になる。

いつも、僕は泰斗をふりまわしていたのだろうか？　自分と歩調を合わせるのが当然のように……。

目の前でバーが高くなるにつれ、選手がふり落とされ、泰斗の跳ぶ間隔がだんだん短くなっていた。

バーが一メートル九十を越えたところで、残っていたのは五人。二メートルを越えると三人になった。

中学時代からよく一緒になる、馴染みの、僕もすでに見知っているメンバーだ。泰斗以外の二人は、同じスポーツ名門校のゼッケンをつけている。

二メートル五のところで、一人、脱落した。

そして、二メートル七。まだ余裕と思われたこの高さで、泰斗は一本目を外した。

二度目は踏切のタイミングが合わなかったのか、泰斗はそのままバーの前を走り抜け、結局パスした。らしくないミスだった。

そして、三本目。

一瞬、ちらりと横を向いた泰斗の視線が、僕をとらえたように思えた。

僕は息をつめて、無意識のうちに指を膝《ひざ》の上で組み、泰斗を見つめた。

バーをにらみ、呼吸を整えて、泰斗の足が地面を蹴《け》る。軽い助走からスピードを上げて、そのスレンダーな身体が一点で、矢のように鋭く大地から放たれた。

弓なりに空を切る身体を、僕は瞬き一つせずに追いかける。

背中がバーの上、ぎりぎりをかすめ、身体が何かに引かれるように落下する。

――あ……っ！

と、その時、上がったのが自分の声かどうかわからない。

その瞬間、心臓が何かにつかまれた気がした。

泰斗の身体がマットに落ちると同時だった。

軽く振動したバーがバランスを崩し、ガタリ…、と鈍《にぶ》い音を立てて落下していった。

見なくても、音で、わかったのだろう。

泰斗はぎゅっ…と拳《こぶし》を握りしめたまま、しばらくマットに倒れこんだままだった。

僕は息をすることも忘れて、泰斗を見つめるだけだった。

記録としては、二メートル五。

自己ベストより、十センチも低かった。

結局二位に終わった泰斗は、それでもブロック大会出場を決めたが、優勝者はプレッシャーの消えた余裕からか、二メートル十五の好記録をマークしていた。

大会後、僕は現地解散となった泰斗を待って、一緒に帰った。

お疲れ、とそれだけを言えた僕を見て、泰斗の顔に一瞬、つらそうな影が走った。が、それもすぐに苦笑いのような表情に消える。

「せっかくおまえが来てるんだから、いいとこ見せようって、肩に力が入りすぎたのかもしれないなー……」

ため息混じりに、なんでもない顔をして、でも悔しくないはずはない。あえてそんな軽い言い方をするのは、僕に気を遣ってのことだ。

ヤケ食いするからつきあえ、という泰斗に、僕もはげますつもりで明るく言った。

「インターハイはあいつに勝てたらいいね」

どしどし歩いていた泰斗の足がふと止まる。

その僕の言葉に、泰斗は小さく息をつき、ゆっくりと首をふって、正面を見つめた。

「……俺が勝たなきゃいけないのは、あいつじゃない……」

誰に言うともない、低い言葉だった。

自分に勝てないのが情けないよな……。

再び歩き始めた歩調にまぎらすようにそうつぶやいた泰斗の言葉に、僕は泰斗の強さと自分への厳しさを見たような気がした。

僕の知らないところで、ずっと大人になっている、幼馴染みを——。

◇

◇

泰斗はクラブ、僕は夏期講習中心の夏休みが終わり、二学期に入ると、体育祭だの保護者会だとあわただしく行事に追われ、気がつくとすでに二学期もなかば過ぎていた。

その間、僕たちの間にはたいした進展はなかった。たいした、どころか、実際カタツムリが這《は》う距離ほどにも、進んでいない。

はっきり答えなければいけない、と。ちゃんとした返事を出さなければいけないのだ、と思いながらも、変わらずに接してくれる泰斗に、僕はぐずぐずと自分の中で結論を出すのを先送りしていた。

あえて考えないようにしていた。どうしてこのままじゃいけないんだろう……、とそんな逃げ腰な考えが頭の中に根を張っている。

だってそうだろう？　生まれてこの方、十五年以上もずっと親友だった男を、今日この日を境に恋人だ、なんて……あまりに恥ずかしすぎる。男同士で、というより何より、おねしょの数まで知ってる相手に、たとえばキス……なんて、想像しただけで赤面ものだった。

「——おい、どうしたんだ、偲？　風邪でもひいたのか？　顔、真っ赤だぞ」

昼休み、連れだって食堂へ行く途中。

泰斗がかがみこむようにして、僕の顔をのぞきこんでいる。突然アップに迫《せま》ったその顔に、僕は弾《はじ》かれたように身をそらせた。

「ちっ…ちがう！　大丈夫だよ……っ」

「そうか？　気をつけろよ」

心配げにそう言いながら、ふと足を止める。

「風邪なんかひいて、声潰すなよ。本番はもうすぐなんだし」

ちょん、とちょうど横に張ってあった掲示板のポスターを指で弾く。次の生徒会役員選挙の候補者のポスターだった。

その会長候補に、なぜか僕が担《かつ》ぎ出されていたのだ。行きがかり、というか、成り行きのようなものだった。

さすがに一度は辞退したのだが、現生徒会長の志野《しの》さんの勧めもあって、結局出馬することになった。

なんというか……、凛《りん》として潔癖で潔《いさぎよ》い雰囲気のある現会長は、僕の憧《あこが》れでもあったのだ。――まぁ、この学院においては、それも僕だけじゃないのだろうけど。

といって、僕があとを継いだ時、志野さんほどうまく生徒会を運営していけるという自信もなかったが。

「会長かァー、すげぇよなー。鼻、高いよなー、俺」

まるで自分のことのように、泰斗がにまにまと顔をほころばすのに、僕は嘆息した。

「僕がなると決まったわけじゃないよ。森崎《もりさき》って結構人気あるし。頭もいいし、押し出しもいいし。多分、僕なんかより人の使い方もうまいしね。あいつの方が向いてると思う」

実際、もう一人の会長候補の方が本命だと、僕は内心、考えていたのだ。

「だーいじょうぶだって。おまえで間違いなしっ！　なんたって俺が応援演説するんだしなっ」

勢いこんで僕の背中をたたく泰斗に、僕は冷ややかに自分の選挙参謀《さんぼう》の意見を呈《てい》した。

「筒井《つつい》は、それだけが不安材料だ、ってぼやいてるけど？」

クラスも違う泰斗に応援演説を頼んだのは僕だったが、そうでなくとも、押しかけてでも泰斗は自分がやっただろう。この選挙戦でもクラブを自主休部した上、選挙活動に飛びまわり、僕以上の熱の入れようなのだ。

「なんだと、あのやろうっ」

拳を固めた泰斗をなだめるように、僕はつけ足した。

「ま、僕が淡々としてる分、泰斗が熱血してちょうどいい、って説もあるけどね」

「そうそう。おまえの語り口って、迫力っていうよりも、静かな説得力があるんだよな。声もストイックな感じで清潔感があるし。それがみょーに色気、あるんだよな……」

顎《あご》を撫《な》でながら、最後の方は自分につぶやくように言う泰斗を、僕は肘《ひじ》でつっついた。

「バカッ。そんなもの感じるのはおまえだけだっ」

そーかー？　と泰斗はとぼけた表情《かお》で小さく笑う。

そして、耳元でコソッ…とささやいてきた。

「ホレた欲目ってヤツ？」

今度こそ本当に泰斗の脇腹《わきばら》に肘鉄を食らわせて、僕はさっさと食堂へ入っていった。

それでも――、なんだかくすぐったいようなうれしさを、感じていたのだ……。

それから二週間ほどで、選挙が実施された。

午前中かけて順に所信表明、応援演説が行《おこな》われ、いつもより長めの昼休みの間に、現生徒会により速《すみ》やかに開票作業がなされる。

会長戦は、かなり競《せ》っているようだった。

どうしてもやりたい、という訳ではなかったが、さすがに胃の痛い昼休みを僕は過ごした。

まわりがこれだけ盛り上がっているし、それに泰斗もかなり力が入っていたから、やっぱり落選するのは申し訳ない気がするのだ。

最終結果発表は、午後から再び体育館に集まった全校生徒の前で行われる。

壇上に立つ志野生徒会長が、書記から順に当選者を読み上げる。名前が一つ挙がるたび、歓声と拍手が湧き起こった。

「そして来年度の生徒会会長は――」

ついに、最後の名前が口にされる。

物静かな微笑みを浮かべた端麗な顔が、ぐるりと会場を見渡した。しん…、と静まり返った中、全員が息をつめてその声に聞き入る。

「遠野偲くんに決まりました」

その瞬間、僕はもみくちゃにされた。

「やったな、遠野！」

「生徒会長だっ！」

ガンガン頭に響くような大歓声に、耳がおかしくなりそうだった。そのバカ騒ぎを制したのは、やはり会長の声だ。

「遠野くん、前へ」

喧噪《けんそう》の中でもよく通る声にうながされ、ともかく出なくちゃ、と級友をかき分けながらふと見上げると、泰斗が目の前に立っていた。

何も言わずじっと僕を見つめる瞳がなんだか淋しげで、僕は、え…？　と思う。

泰斗の期待通り、僕は勝ったのに。

「泰斗？　どうかしたのか？」

「あ、いや……、別に。それより、よかったな、しのぶっ！　天下の生徒会長だなっ！」

ハッと我に返ったように、泰斗はいつもの満面の笑顔で僕の肩をがしがしとたたいた。

「うん、まぁ、おかげさまで、ね……」

照れ笑いのようなものを浮かべる僕に、早く前へ出ろよ、と泰斗がせかす。

と、歩き始めた僕の耳に小さな声が届いて、僕は、えっ…？　と思わずふり返った。

「なんかまた釣り合わなくなりそうだな……」

うつむきかげんで息をつく泰斗の表情が、妙に胸騒ぎするように心に残った。

だがその意味を考える間もなく、僕は舞台へ押し出されていた。

選挙後、僕の学校生活は一変した。

竹叡の生徒会長というと「ああ、あの…」と他校の生徒にさえ名の通った志野さんのあとを受けて、そのプレッシャーも責任の大きさも、はっきり言って考えが甘かった、と認めるしかない。

それでも、今さらしっぽを巻いて逃げるわけにはいかないのだ。

正式な今期生徒会の任期は、来年の三月一日、卒業式の日までだが、もちろん引き継ぎはそのずっと前から行われ、実質的な仕事も移ってくる。

まず、当面に差し迫った僕の課題は、副会長の選任だった。

竹叡では、慣例で副会長は会長の個人指名になっている。会長補佐、という意味合いが強いためだ。かなりの激務だけに、有能なだけでなく気心が知れた相手が必要だということなのだろう。

今の副会長は箕方《みかた》さんという、何かと噂《うわさ》の人物だった。実際、ちょっと無愛想でとっつきにくい人だが、やはり志野会長が指名した。どういう役割分担をしているのかはわからないが、二人はかなりうまくやっているようだ。

その片腕というべき副会長に、最初に僕の頭に浮かんだのは、やはり泰斗の顔だった。

が、それは無理だとわかっていた。

今の僕たちの微妙な関係のせい、というよりも、泰斗には第一にクラブ活動があり、第二に性格的に組織というものにも、事務仕事にも向いてない。

……さらに言ってしまえば、僕自身フィールドで走る泰斗が好きだった。まっすぐに高みに向かって跳躍《ちょうやく》する姿が一番、かっこいいと思う。こんな部屋の中に閉じこめて書類とにらめっこ、なんて辛気《しんき》くさい状態におきたくなかったのだ。

選挙参謀をやってくれていた筒井なんかは、彼自身、生物部の部長を務めている関係で、やはり無理。

とすると、あとの候補が浮かばないのだ。

僕はハァ…と肩で息をついた。

他に……友達がいないわけじゃない。だが、「泰斗」という存在を除いてしまうと、自分の中に残るものがいかに少ないか……、実感してしまう。

問題、だよな……、と我ながら苦笑した。

「会長は、どうして箕方さんを指名したんですか?」

結局、志野会長に相談するしかなくて、そんなふうに尋ねた僕に、彼はめずらしく困ったように曖昧《あいまい》に微笑んだ。

「まぁ…、ね。箕方とはおたがいにない部分を補《おぎな》い合ってる、という感じかな。うまくいくかどうかは賭けみたいなものだったけど……。でも僕の場合はあまり参考にならないと思うよ。みんなそれぞれのやり方で自分のスタイルを作っていくんだから、遠野は遠野なりに自分にあったやり方でやればいい。何かをやり遂げよう、という意志さえあれば、結果は必ずついてくるものだ。人も……おのずと集まってくるものだと思うよ。遠野がちゃんと相手を見て、心を開いて話してみればね」

静かな声で言われたその言葉は、僕には少し、重かった。

僕は決して人づきあいが悪い方じゃない。

……でもそれは、ちゃんと相手を見て、話していたのだろうか？

泰斗だけは何でもわかってくれるから。誤解されることも、下手に傷つけられることもない。いつも泰斗の陰に隠れるように。そこが一番安全だった。

泰斗のそばが一番居心地がいいのはわかっている。でも、いつまでも、その場所でぬくぬくと守られていられるはずもない。

生きている以上、変わらないものはない。

変わることを恐れていては何も生まれないのだ。だから泰斗は、ああいう形で、僕たちの関係を変えようとしたのかもしれない……。

――泰斗が、好きだった。

でもそれをはっきりと返せなかったのは……、多分、心の底では恐れていたからだ。

こんなもたれかかるだけの関係では、いつかきっと、泰斗の重荷になるということが。

恐かったのは、もっと甘えてしまう自分と、そしてそんな僕を持て余すだろう泰斗の気持ちに、だったのかもしれない……。


役員選挙から一週間後。

僕が一人の男と握手している写真が、校内新聞の一面を飾った。

その相手は、森崎祥文《よしふみ》。選挙で会長の座を争った男だった。

身長や体重もごくごく普通だが、どこか軽快な感じのする男だった。容姿もごく普通のレベルだったが、表情の豊かさのせいだろうか。妙に印象に残る雰囲気を持っている。

森崎とは選挙後一週間ほどした昼休み、ばったりと渡り廊下で会った。

その時、彼は、「よう」とまるで旧知の友のような調子で笑いながら声をかけてきた。

「どうだい？　次期生徒会長の身分は？」

一つ間違えば嫌みか皮肉のようなそのセリフも、好奇心いっぱいの目で明るく言われ、僕は思わず苦笑した。

「大変だよ。今からでも辞退したいくらい」

よく考えてみれば、彼に向かってのこの発言はかなり失礼なものだったが、彼はおおげさに手をふってみせた。

「そりゃ、イカン。この俺を僅差《きんさ》とはいえ、破って当選してくれたんだからなぁ〜。ファンを泣かせちゃイカンよ、遠野くん。俺の永遠のライバルには燦然《さんぜん》と輝いていてもらわなくちゃな。遠野がいつか有名人にでもなったらさ、おまえの写真を見せて恋人とかに自慢するのさ。『こいつと俺とはかつて生徒会長の座を戦った美しき好敵手《ライバル》であった〜！　もう二度と、あのような男とはめぐり会えないだろう。てんてんてん』」

一人で盛り上がる森崎にあっけにとられている僕を尻目に、まわりは慣れているのか、「落選すればタダのマヌケ〜」と、チャチャを入れる。森崎は、ぬぁにぉ〜、と律儀《りちぎ》にケリを入れてから、僕の肩をポンとたたいた。

「がんばれよなっ」

と、本当にすっきりとした笑顔を見せる彼の腕を、僕は思わず引っ張っていた。

とっさに浮かんだ考えだった。

彼の友達に断りを言うのもそこそこに、森崎の腕をつかんだまま、僕はじっくりと話せる場所まで彼を引きずっていった。

「その…、同情とかってふうにとられると困るんだけど……、本当に困ってるんだ」

僕は正直に、彼に話した。

副会長が見つからないのだ、と。そしてできれば――やってもらえないだろうか、と真剣に頼んだ。

まともに考えると、無茶な話だろう。

会長に落ちたからじゃあ副会長に、なんて、僕の立場からすれば「美談」みたいに受けとられるのかもしれないけど、森崎からすると「バカにするなっ」とののしられてもしかたがない。

しかし気を悪くしたふうもなく、森崎はうーん、となった。

「そーだなー……」

さっきみたいにおちゃらけているのではなく、真面目に対応してくれていた。

「俺、もし負けたら、来年の夏まではクラブに気合い入れよう、って思ってたんだよなぁ……」

そういえば、森崎はバスケ部だと聞いたことがある。高校からやり始めて、レギュラーに入ったらしい。竹叡のバスケ部はそれほど強いわけでもなかったが、それでもレギュラー入りということは、相当に努力したのだろう。

だが会長選に出たということは、もし当選したらクラブは辞めなければならない。ということは、その今までの努力も全部捨てることになる……。そこまで考えて、いや、と僕は考え直した。

きっと自分で納得できるところまでやれたのだろう。だから、別の道を選ぶことにためらいはなかったのだ。

ふと、僕は泰斗を思い出す。ちょっと似てるな…、と思った。

体格とか容姿とかじゃない。

常に自分と勝負をしているところ、だ。まわりなんか関係ない。——そんな、強さ。

森崎を副会長に、というのは、発作的に起こった感情だったが、この時、僕はどうしても、という気持ちにまでなっていた。

「君には…、はっきり言って不本意なことだと思う。でもどうしてもやってほしいんだ」

うまく説明する言葉のない自分がもどかしい。が、森崎は思いつめた僕の顔をしばらく見つめて、そしてニッ…と笑った。

「バスケも好きだけどな…。でも、いいかもな。清純《せいじゅん》無垢《むく》な会長をウラから操るナゾの副会長、ってのも。影の参謀、闇のナンバー2、ってか」

誰がナゾで、何が影で、どこが闇なのか……、僕は思わず吹き出していた。しかも清純無垢…ってのは、いったい誰の形容詞だ?

森崎がパシッと僕の手をたたく。

「ＯＫ、一年契約で生徒会、つきあってやるよ。その代わり、俺が暴走しないようにちゃんと見張っててくれよ。でないと、面白そうなことなら、俺、なんでもやっちまうぜ？特権乱用しまくってさ」

面白いヤツだ。でもきっとうまくやっていける、と思う。

泰斗以外の人間と、こんなふうに話したことはなかった。泰斗以外の男と、こんな「仲間」になるなんて思いもしなかった。

でも僕は、少しずつでも変わっていかなければならない。

もう少し、自分に自信をつけて。

——そう…、今度は、僕の方から泰斗に告白できるように。

毎日があわただしく過ぎていく。

会長から仕事を教わったり、森崎と二人で組織案や行事計画案を練《ね》ったりと、僕は来年度の自分の足場を固めることに精いっぱいだった。

そうすると、自然と泰斗と過ごす時間が少なくなる。

いつも一緒だった帰り道が、逆に週に一度は僕の方が遅くなり、それが週に二度になり、三度になり。土曜日も日曜日も、おたがいの用事ですれ違っていた。

もともと力のない僕が引き継ぐのだから、できるだけの準備はしておかなければいけないと、気ばかりがあせる。

のんびりやろうぜ、と言ってくれる森崎の方が僕よりも余裕があるようで、それが逆にプレッシャーになったりする。森崎とやれてよかった、と思う反面、やっぱり森崎が会長になるべきではなかったのか……、と。

しかしポツリとそうもらした僕も、「バカ言ってんじゃねーよっ」と、おそろしい勢いで森崎に叱りとばされて以来、自分の未熟さを考えるのをやめた。

結局、ないところは努力して補うしかないのだ。それでもできなければ、素直にそれを認めて誰かに頼むしかない。……多分、それが今までの僕にはできなかったことなのだろう。

僕の放課後は、図書室で過ごすことから、生徒会室や資料室で過ごすことが多くなった。

ひさしぶりに訪れた図書室も、過去の学校行事の記録を探しに、だった。

「偲」

席に着いて必要な部分を写していると、ふいに頭の上から声をかけられる。

ハッ…と顔を上げると、上下そろいのウィンドブレーカー姿で泰斗が立っていた。

「泰斗……、どうしたんだ？　クラブは？」

「今、ちょっと休憩中」

マナー悪く僕のすぐかたわらの、テーブルの方に腰を預けながら、泰斗が笑った。

そして顎で窓の外を示す。

「ほら、おまえ、前はよくここからグラウンド、見てただろ？　最近は全然なかったのに、ひさしぶりにおまえの姿がちらっと見えたから」

え…、と思わず、僕は絶句した。

そんな、もちろん泰斗は僕が放課後、図書室で過ごしていることは知っていただろうが……、それでもあんなグラウンドから気づかれるほど、僕は見つめていたのだろうか？

「いそがしいみたいだな……」

どこか淋しげに、泰斗が言った。

「う…ん。やっぱり、ちょっとね……」

やわらかく笑ったまま、泰斗がそっと手を伸ばしてきた。骨っぽい指先が優しく僕の髪に触れて、軽く撫でるようにすき上げた。

「無理すんなよ…、おまえ、結構突っ張るとこあるから……」

気にかけてくれている…、そう思うとやはりうれしくて、泰斗の手の温かさに癒《いや》されるようで、僕はうなずいて見せた。

「大丈夫。……森崎も助けてくれるし」

その瞬間、ふっと、泰斗の顔が強《こわ》ばった。

え、と思った時、泰斗の指は離れていた。じっと僕を見る瞳が険しかった。さっきまで僕に触れていた指は、硬《かた》く握りこまれている。

「そうか…、もう俺は必要ないってことか」

自嘲《じちょう》気味にもれた泰斗の言葉に僕は驚いた。

「泰斗……！」

違う、と叫びかけて、あやうくとどまった。

僕は短く息を継ぎ、まっすぐに泰斗を見て口を開く。

「そういうことじゃない。——ただ、泰斗に……甘えたくないんだ」

頼るだけでなく、かばってもらうだけでなく。ちゃんと対等な位置《スタートライン》に立ちたい。

そう、思った。

しかし泰斗は、そんな僕から目をそらすようにして、小さくため息をつく。

「……ま、そうだよな。俺じゃ、おまえを手伝ってやることもできないもんな……」

疲れのにじんだような泰斗の様子に、僕はとまどった。

何か言おうとした時、いきなりこの図書室の静寂《せいじゃく》をかき乱す間延びした声が響いてくる。

「お〜い、遠野〜っ！　いるかーっ？　カイチョー、呼んでるぞ〜っ！」

ハッと戸口をふり向くと、森崎がいたいた、という顔で手を上げて近づいてくる。

「副会長サマのお迎えだな」

ちょっと怒ったように、泰斗がつぶやいた。

こんな皮肉な泰斗の言い方を聞いたことがなくて、僕は一瞬、言葉をなくした。

「おっ、これは竹叡スポーツ界期待の星じゃないか。こんなとこでさぼってていいのか？」

目ざとく泰斗を見つけた森崎が軽い口調で言ったのに、泰斗は一言、「関係ない」と吐き捨てるように言って、さっと背を向けた。

泰斗が……仮にも同級生にこんな言い方をするのも、初めて聞いた。

と、にらむような視線が僕に向けられる。

「今日も遅いんだろ？　俺、先に帰るな」

僕の返事も待たず泰斗は大股に歩き去った。

「機嫌、悪《わり》ぃのな…、あいつ」

目を丸くして、森崎がそれを見送った。

僕はわけがわからないまま、漂った視線が窓の外の景色へ向いた。陸上部の練習風景が、いつものように視界に入る。

ふと…、しばらく泰斗の走る姿も見ていない自分に、気づいた。

いそがしいのだから仕方がない、とも思う。

べったりと泰斗に張りついたまま重荷になるよりは、この方がいい、とも思う。

だが何か…大切なものをおき忘れているような……そんな不安が胸をよぎった――。


冬の陽が落ちるのは早い。

師走《しわす》に入り、期末考査、そして冬休みも目の前に、カレンダーは早くも新しい年を間近に示し始めていた。

このところ身に凍《し》みる肌寒さを感じながら七時も過ぎてようやく家にたどり着いた僕は、スチールの門を開けようとしたところでいきなり暗闇から伸びてきた腕に手首をつかまれ、思わず悲鳴を上げていた。

「だ…っ、――た、泰斗っ？」

ぼんやりとした玄関口の明かりの中に幼馴染みの顔を見つけ、僕は驚いたのとホッとしたので、思わず柵《さく》に倒れかかっていた。

「……ずいぶん、遅いんだな……」

押し殺したような、低い声。

だが僕は、その声音の剣呑《けんのん》さに気づかず、肩で息をつきながら言った。

「まだやることがたくさんあるから……。でもどうしたんだ、こんな時間に？　何か急用？」

朝だけは以前と同じように、たいてい一緒に登校している。朝まで待てない話なのか……、と怪訝に思ったところで、僕はふと気づく。

朝…、前と同じように泰斗と学校へ行っている。でもいつも、記憶が曖昧なのだ。何を話しているのか、どんな内容だったか。今朝のことでさえ、思い出せない。考えることが山ほどあって頭が飽和《ほうわ》状態なのと、放課後できなくなった分、夜遅くまで勉強しているせいで、眠気が残っているのだろう。

これじゃ、一緒に登校している、といったところで、同じ時間の通勤電車に乗り合わせるサラリーマンとなんら変わりはないな……、と自嘲気味に思っていると、泰斗の冷たい声が耳に落ちてきた。

「あいつと…、森崎とまた一緒だったのか？」

泰斗は僕の問いにも答えず、そんなことを聞いてきた。

「そうだけど……、どうしたんだ？」

さすがに泰斗のおかしな様子に、僕はつかまれたままの手首の痛みも忘れて、漠然とした不安に襲われる。

いつもふんわりと僕を包んでくれていた泰斗の持つ空気の、今のあまりの冷たさに……、唇を噛みしめた泰斗のおそろしく硬い表情に、僕はただ呆然《ぼうぜん》と彼を見上げていた。

泰斗はいきなりつかんだ手首を引き、横のコンクリートに僕の身体を力任せに押しつけた。

「な…っ」

手にしていたカバンがふり落とされ、ぶつかった背中が痛くて、——そして何より、泰斗の苦しげな表情が胸にのしかかってきた。

「……た…たいと……?」

そして、恐怖——。

力で……初めて力で押さえこまれた恐怖に、足がすくむ。

泰斗が、にらむみたいな激しい目で僕を見つめてくる。射すくめられる、という言葉の意味を、初めて実感した気がした。

怒りを抑えたようなかすれた低い声で、泰斗がゆっくりと言葉を押し出した。

「今日の記録会……、おまえ、来なかったな…」

「え……?」

思わず、声がもれた。

——記録会……?

言われて、アッ…、と思い出した。

そうだ。昨日の朝、泰斗に言われていたのだ。明日記録会があるから、来てくれ、と。先月は合同委員会があったせいで、県内の大会では初めて、僕は泰斗を見に行けなかった。ずいぶんがっかりしたような泰斗に、次は絶対行く、と約束していたのだ。

昨日も、大丈夫、と請《う》け合ったのに、すっかり忘れていた。今まで、思い出しもしなかった……。

僕は愕然《がくぜん》とした。

いくら生徒会のことで頭がいっぱいだったにせよ、こんな大事な約束を忘れるなんて……。

「俺、おまえに言っといたよな？　約束したよな？　来るって……。いそがしいのはわかるけど、ここんとこまともに話してないし…、たまには俺のために時間とってくれ、って……俺、頼んだよな……？」

「ごめん……。ごめん、泰斗……。僕……」

今さらあやまってもどうにもならない。

僕は泰斗の視線を受け止める勇気がなくて、思わず顔をそらした。

傷ついた…、それだけに感情のない泰斗の声だけが耳に届く。

「……おまえ、わかってるのか？　俺が……おまえに言ったこと……」

怒りか悲しみか。震えるのを必死にこらえているような声が、ずしりと胸に刺さる。

泰斗の言っているのが、記録会のことではなく、もっと前の……、あの日の告白のこと

だと、わかっていた。

僕はぎゅっ…と唇を噛んだ。

答えることができなかった。

今、何を言っても、全部ウソになる。

わかっている、と答えることなど、とてもできない。

ただ僕は、あやまるしかなかった。

「ほんとに……ごめん……。なんかいろんなことで疲れてて……」

「――そんなにしんどいんなら、会長なんかやめちまえっ！」

いきなりの怒声に、僕は息を呑んだ。

それは頬《ほお》を張られたのと同じぐらいの衝撃を、僕に与えた。拳を握って僕をにらむ泰斗に、愕然とした。

どうしたらいいのかわからない混乱と、どうしようもない自分への怒りと、そしてただただ湧き上がってくる悲しい痛みに、僕は暴走するように叫んでいた。

「泰斗が……、おまえがやれって言ったんだろうっ。おまえだって僕に――」

言葉は最後まで続かなかった。泰斗の冷たい唇が強引に、僕の口をふさいだからだ。

頭が、真っ白になった。

噛みつくような一瞬の、キス。乾いた感触。

そしてそれが唐突に離れると同時に、泰斗はつかんだままだった僕の手を離し、そのまま、何も言わずに背を向けた。

一瞬、見えた苦しげな横顔に胸がつかれた。

足早に去っていく大きな背中を見つめながら、僕は支えを失ったようにずるり…と地面に崩れ落ちていた。

無意識に、指が唇に触れる。

……こんな……、こんなキス……は、違う。

いつか、するんだろうか…、と照れまくって思っていた、泰斗との初めてのキスは……。

視界がぼやけている。もう、あの広い背中が見えないほどに。

知らず、何か熱いものが、僕の頬を伝って流れ落ちていた……。


年も押し迫った十二月二十四日。

世間ではクリスマス・イブのこの日、竹叡では終業式を迎えていた。

それでも明日からは冬休み、という解放感で、朝から学校全体が浮き足立っている。

その中でもあわただしく準備を手伝っていた僕は、予備室から二学期に学校表彰される者への賞品を入れた段ボールを抱えて出たところで、あやうく誰かとぶつかりそうになった。

「――っと、ごめんっ」

「あ…、悪い……っ」

声が出たのも同時で、その相手の顔を認識したのも同時だった。

――泰斗……！

思わず、息が止まる。

まともに顔を合わせたのもひさしぶりだった。

あれ以来…、泰斗は朝も僕より早く家を出るようになっていた。朝練、ということだが、特に試合があるわけでもなく、こんな真冬に早朝から練習するクラブなどまずないだろう。

やはり避けられているのだと、いかに鈍い僕でも気づかずにはいられない。

泰斗の方も気まずいのか、さっと視線をそらせた。

「いそがしそうだな……」

それでも言葉をかけてくれたことがうれしくて、僕は咳《せ》きこむように答えていた。

「う、うん…、あ、でも、もうだいぶ、慣れたから……。――あ、あのさ……」

僕はぐっと腹に力をこめて、ありったけの勇気をかき集めて、それを口にした。

「今日…、昼までだろう？　あと片づけもそんなにかからないから、昼から……映画でも行かないか?」

——クリスマス・イブなんだし……。

そんな言葉を飲みこんだ。

泰斗は、え…っ? と驚いた顔で僕を見る。

迷うように口元を手のひらでおおって、視線を漂わせた。

「きょ…今日…、か?」

いつになく歯切れの悪い口調に、僕は不安になる。

もう僕とは、クリスマスなんて過ごしたくない……、ということなんだろうか……?

と、その答えを出したのは、泰斗の後ろにいた女の子だった。——まったく僕の目には入っていなかったが。

「あら、今日はダメですよね、先輩っ」

すらりとスタイルのいい、セミロングの髪が肩で揺れる美人だった。野本里香《のもとりか》、という一年生。陸上部の……泰斗の後輩だった。

彼女は引きよせるように泰斗の腕をとった。

「今日はクラブで打ち上げカラオケ、行くんですよね。逃げちゃダメですよ。三年の先輩方も、泰斗先輩にはこの機会にきっちりクラブのことを頼みたい、って言ってるんだし」

泰斗先輩、と呼んだ彼女の甘い声が、耳ざわりに響く。ねっとりと鼓膜《こまく》に残るようだった。

「……わかってるよ」

泰斗は穏やかに笑いながら彼女を見つめ返し、そして僕に向き直った。

「そういうことなんだ。悪いな、偲」

静かにあやまる泰斗の声も、半分、耳に入っていなかった。何か、ささくれ立つような嫌な感情が、胸の中に生まれていた。

「遠野先輩ならイブを一緒する人なんてたくさんいますよねっ。泰斗先輩、お借りしまーす！」

借りる、と言いつつも自分の優位を自覚した微笑みを浮かべて、彼女は泰斗を引っ張る。

その時、泰斗たちの後方から聞き慣れた大声が響いてきた。

「お〜い、遠野！　一人で運べるかーっ？」

森崎の声だった。僕はハッと夢から覚めたようにそちらを見た。

「……おっと」

途中、泰斗たちとすれ違い際に身体があたりでもしたのか、森崎が小さく声を上げる。

「半分、持つぜ？」

手を出した彼に、僕は泰斗の背中に張りついていた視線をあわててもどして首をふった。

「いいよ。それより、中にもう一箱あるから、そっちを運んでよ」

ほいほい、と軽快に返事をして中の段ボールを運び出し、僕は彼が出るのを待って、予備室に鍵をかけた。

体育館の控え室へ運びこんで一息つくと、森崎がちょっと言いにくそうに口を開いた。

「そういや中道ってさ…、遠野とは仲、いいんだよな？」

「あ…、うん。家も近いし……、どうして？」

怪訝に尋ねる僕に、森崎はしばらく考えるように顎を撫でてから、言った。

「彼氏、何かミョーな誤解してるんじゃないのか？　さっきすれ違った時もそうだけど、俺、時々あいつにすっげー目でにらまれてる気がするんだよな……」

「妙な誤解…、て？」

「いや、だから。親友の遠野に俺がちょっかい出してる、とかなんとか……」

もそもそと言った森崎を僕は一笑に伏した。

「まさか。気のせいだよ」

泰斗がそこまで気をまわすとは思えないし、第一、今ではそんな甘い関係でもない。

それに…、泰斗にだってああいう女の子がまわりにいるんだったら、いちいち僕のことなんか、気にしてもいられないだろう。

「高跳びのヤツだよな。俺、いつかあの高跳びの棒でグサッ…、ってぶっ刺されそう」

胸を押さえておおげさによろめいてみせる。

「立ったまま、背中から地面へ棒がブッスリ突き刺さってるの。ほら、そーゆーオカルト映画、あっただろ？　アレ、頭ん中でイメージしちまった……」

リアルに解説してみせる森崎に、僕は力なく笑った。

「泰斗は棒高跳びじゃないよ。あいつのはハイジャンプだから。背面飛び」

「……あ、よかった」

ホッ…として見せる森崎に、僕は苦笑した。

森崎の明るさに救われている。

そうでなければ……、もう生徒会なんか放り出したいような気分だった。

結局冬休み中、泰斗と会うことはなかった。

泰斗の家族が正月を母方の実家で過ごしたこともあったが、やはり……おたがいになんとなく、避けていたせいだろう。

始業式の日、遠くから見かけた泰斗はずいぶん懐かしく、また遠い人間のように思えた。

年が明けると、僕は今までに輪をかけていそがしくなった。三月一日の卒業式の準備だ。

いまだ志野会長の助力を仰ぎつつ、僕は抜かりなく準備を進めることに余念がなかった。

——いや、考えないようにしていた。

卒業式というと否応なく浮かんでくる、去年の泰斗の言葉を……。

そんなある日、この日もかなり遅くなってから校門を出た僕を、女の声が呼び止めた。

「遠野先輩。――ちょっと、いいですか?」

えっ…、とその方をふり返ると、硬い表情で一人の少女が立っていた。

「野本……さん?」

「お話があるんです」

きついくらいにきっぱりとした言い方に、僕は少し、たじろいだ。

「何?」

「泰斗先輩のこと。わかってるでしょう?」

彼女は臆することなく、まっすぐに僕の目を見つめてきた。

僕はこっそりと息を吸いこんだ。緊張で、一気に体温が下がったような気がした。

「泰斗が……どうかしたの?」

「泰斗先輩……、去年あたりからちょっとおかしかったんです。何か、気持ちがここにあらずって感じで。いつもの先輩らしくなくて、すごく迷ってる感じで……。記録だってこの一年、すごく伸び悩んでたし。――遠野先輩のせいでしょう?」

ピシャリ、と言いきられて、僕は喉元《のどもと》にナイフを突きつけられたような気がした。

「ど…どうして……？」

僕は視線を泳がせたまま、そう尋ねていた。

「泰斗先輩、遠野先輩に告白したんでしょう？　私にはそのこと、ちゃんと説明してくれました。……前に、私が先輩に告白した時」

僕は衝撃で声も出なかった。

泰斗が、僕とのことを他人に言ったことにか、あるいはこの少女が泰斗に告白したことにかはわからなかったが。

彼女はちょっと息をついて、きれいに流れる髪を耳元でかき上げた。

「……男同士で、って、思わないこともないけど、でもそれをはっきり言ってくれる先輩は強いと思いました。だから、そう言われても……ずっと好きだった。——でも」

と、彼女は語気を強めた。僕を見る目にも激しい色があった。

「でも、一年もほったらかしなんて、あんまりじゃないですか？　どうしてそんなひどいことができるの？　その間、ずっと泰斗先輩は悩んでたんですよ？　友達ではいたい、って思ってるのかもしれないけど……、そんなの自分勝手だわ。そう思いませんか？」

多分、この時の僕は真っ青だっただろう。

指を握りしめたまま、下を向いたまま、何も……言い返すことはできなかった。

彼女の——言う通りだ。

僕にとって一番心地よい「親友」という関係から変わっていくのが恐かった。このままじゃいけないのか、という逃げが、泰斗をずっと傷つけていた。

いつもの笑顔を僕に見せてくれるのに、どれほどの努力をしていたのだろう……？

精神的にも、大きな負担だったはずだ。

今になって気持ちがすれ違ってきたのも、当然のことなのかもしれない……。

「私、黙ってられなくて、この間、もう一度、泰斗先輩に好きだって言いました」

ハッ…、と僕は思わず、顔を上げた。

彼女はまっすぐに僕を見たまま、続けた。

「ちょっと考えさせてくれ…って、言われました。わかりますか、この意味？」

――沈黙が、落ちた。

ゾッ…と、冷たいものが背筋を走り抜けた。

彼女は口を閉ざし、僕も……言う言葉は見つからなかった。

しばらくしてようやく、最後通牒《さいごつうちょう》のように彼女が言った。

「ちゃんと、別れてください。じゃないと…、あんまりひどすぎます。生殺しなんて……。泰斗先輩は、ちゃんと気持ちの整理はつけられる人ですから。ちゃんと整理がつけば、また前に進むことができるのに、この一年、ずっと苦しむだけだったんですよ？」

たたきつけるようにそう言うと、彼女は大きく息をした。

「私が言いたかったのはそれだけです。お時間をとらせてすみませんでした」

冷ややかなほど礼儀正しく彼女は一礼して、すっと僕に背を向けた。

自分のことしか考えていなかった――。

そのことを、嫌というほど思い知らされた。

僕はその場に立ちつくしたまま、しばらくは動くこともできないでいた……。

◇　◇

三月一日。

卒業式当日は、さすがに朝から走りまわった。

それは今日に限っていえばありがたかった。そうでなければ、きっと、僕は立ってもいられなかっただろう。

一秒たりとも休む間もなく、頭をいっぱいにしておかなければならない。ちょっと間があこうものなら、また、思い返してしまう……。

昨日、僕は思いきって泰斗を呼び出して、放課後、一緒に帰った。

一晩、ほとんど眠れずに考えた、泰斗に言うべき言葉を胸の奥に抱えて。

僕たちは何度も二人で通った同じ帰り道をほとんど無言のまま、歩いた。時折、思い出したように口を開いても、それはあたりさわりのない世間話に終始していた。

公園まで来た時、僕はふいにパタリ……と足を止めた。

ちょうど一年前と同じ。あの公園だった。

泰斗が僕に告白してくれた場所――。

ここで言わなければ、と僕は腹にありったけの力をこめた。

ここで言えなかったら、また去年と同じ……泰斗を苦しめるだけの結果になる。

去年の今日にもどれたらな…、とふっとそんな夢のような想いにとらわれる。

そうしたらきっと……やり直せるのに。

でももう、遅かった。

自分に素直になれなかった罰だ。まっすぐに自分へ向き合う勇気のなかった報《むく》いだ。

ずっと泰斗に甘えていたツケが今、まわってきたのだ。

――泰斗を失う、という……考えることさえできなかった、最悪の形で。

今さら……、どうして好きだなんて言えるだろう？　女の子が現れたら、急に惜しくなったみたいに。

さんざんふりまわして。一年も……泰斗を中途半端なまま放り出して。さんざん悩ませて。

好きだと言う資格なんか、もう僕にはない。

泰斗が彼女と新しい恋愛をしたいと願っているのなら…、それを邪魔しないことが、今の僕にできる唯一のことだった。

友達でさえいられない――。

そんな状況を作ったのは、僕自身なのだ。

――明日の卒業式を区切りに別れよう……。

心臓が引きちぎられそうな痛みを覚えながらやっと、震える声でそう口にした僕を、泰斗はしばらく見つめたあと、『わかった』と、一言、答えた。

怒りもせず、なじることもせず。言い訳も……、理由さえ、聞かず。

僕に残されたのは、その一言と……そして悲しげな、それでも優しい、笑みだけだった。

じゃあな、と吹っ切るようにサバサバした調子で手を上げて去っていく後ろ姿を、僕は瞬きもせずにじっと見つめた。

何か……大切な成分が身体から流れ出していくような喪失感に襲われた。ぽっかりと空いた穴に、絶望だけが流れこんでくる。

――もう、笑うしかない。

この期《ご》に及んで、まだ僕は夢見ていたのだ。

泰斗が……、それでも僕が好きだと言ってくれることを――。


立ち止まると、永遠になくしたものの痛みが鋭く胸を貫《つらぬ》く。

耐《た》えきれない痛みを忘れるには、頭を空っぽにするしかない。ただ、目の前の仕事にだけ集中して。

一日一日、少しずつ、慣れていくしかない。

泰斗のいない自分に……。


式場となる体育館で、僕は陣頭指揮をとっていた。

式盆や幕、式次第、花のセッティング。来賓《らいひん》席や祝電、マイク、証書類や記念品のチェックに、各受け渡し担当者との段どり。

チェック項目をリストアップした紙を手に、僕は一つ一つ、丁寧《ていねい》に確認をとっていった。

ざわざわとした準備段階が次第に収束し、整然と並んだイスや壇上に大きく生けられた花が、いよいよだという思いを募らせる。

開始一時間ほど前に準備を完了し、僕は全体を見まわしてから、いったん校舎へ帰った。

最後には一度、見落としがないか、志野会長に最終確認をしてもらわなければならない。

生徒会室まで歩く道のりが苦痛だった。

何もすることのないその時間は、恐怖でさえ、あった。

考えないように……、と念じるたび、捕らわれている自分に気づく。誰かの目がない時の自分は、もうとりつくろっていられないほどボロボロで、生気がなかった。

それでも通い慣れた生徒会室への道順をなかば無意識にたどり、やはり無意識のままドアをノックして「失礼します」と扉を開く。

——と。

明るく開けた目の前の光景に、一瞬、僕はその場で凍《こお》りついた。

志野会長と……副会長の箕方さんが抱き合っていたのだ。

いや、抱き合って、というよりむしろ——愛し合っていた、という方が正しい表現だろう。

テーブルの上にほとんど半裸の状態で志野会長が腰を預け、その両足は前に立つ箕方さんの腰を挟むように開かれて……、両腕はすがるように背中にまわされていた。背中だけしか今は見えないが、瞬間に背《そむ》けた会長の羞恥を含んだ横顔は、おそろしく艶《あで》やかだった。

あ…、と立ちすくんだ僕に、箕方さんがゆるりと視線を向け、たじろぐ様子もなく言った。

「悪いな、遠野。今ちょっと立てこんでいる。用ならもう少しあとにしてくれないか」

その腕がそっと抱きかかえるように志野会長の背中にまわり、優しく髪を撫でる。

いつもの冷淡なほどクールな箕方さんからは考えられないほど、甘い表情をしていた。

この二人の関係に、僕は驚いた――、のは驚いたが、しかしその事実は違和感もなくするりと頭の中に収まった。

ああ……、という感じだった。

今までこの二人がこんな関係だと想像したことはなかったが、不思議とは思わなかった。

僕と森崎とのコンビと違って、箕方さんは表だって志野会長の仕事を手伝ったり、ということはないようだった。――だがそれでも。

いつでも箕方さんが志野会長を支えていたのだ。その存在を守るように、いつも会長のそばにいて、会長だけを見ていた。

目立った行動もなく、言葉にすることもない、そんな二人だったが……僕はずっと、わかっていたことのような気も、した。

僕は息を一つ吸いこんでから、言った。

「わかりました。……いえ、開始の半時間前には一度、会長にチェックに来ていただきたいと思いまして。失礼しました」

ずっと手にしたままだったドアノブをそのまま引いて、扉を閉ざす。

パタン…と後ろでドアが閉じる音と同時に、深いため息が唇からこぼれていた。

自分の空っぽの両手を、じっと見つめる。

志野会長がいっぱいに抱きしめていた箕方さんの身体がまぶたによみがえった。

空っぽの両手の中に……どこかになくしたものを探そうとしている自分がいた――。

◇

◇

厳粛《げんしゅく》な空気の中、卒業生一人ずつに、卒業証書が手渡されていく。

式が始まり、その他の生徒と同じくパイプイスにすわるしか仕事がなくなると、昔の思い出ばかりが脳裏《のうり》に浮かび始める。

十六年間、二人でいろんな思い出を積み重ねてきた。

幼稚園の運動会で泰斗と手をつないで障害物の平均台を渡ったこと。小学校の遠足で一緒に写真を撮ろうとして、そろって池に落ちたこと。中学の修学旅行で、おたがいにけなしながら土産《みやげ》を選んだこと……。

たわいもないことばかりが、とりとめもなく次々と溢《あふ》れてくる。

そう…、小学校の、あれは三年の時だっただろうか。

あの公園で……、泰斗の次にブランコに乗ろうと、順番待ちをしていた時、あとからやってきた一つ年上の男の子に順番を抜かされたことがあった。僕と言い合いのケンカになって…、でも力ではかなわなくて。ほとんど突き飛ばされるように追いやられた僕を見て、ブランコから飛び降りた泰斗は相手の少年につかみかかった。二人は上になり下になりのとっ組み合いになって……、その時、揺り返してきたブランコのイスの角が、泰斗の頭に思いっきりぶつかったのだ。

だらだらと血を流して、それでもつかみかかろうとする泰斗に、相手の子はびっくりして逃げ出して、僕は泣きながら大人を呼んできた。

今でも泰斗の襟足《えりあし》から少し上のところに、それは傷跡になって残っている。

泰斗は、キズは男の勲章《くんしょう》だ、などと、その当時意味がわかっていたのか、偉《えら》そうに言っていたし、泰斗の母親も「この子は石頭だから平気よ」と笑ってくれた。

だから、ほんとにほんとにその時は申し訳なく思っていたのだが、それでも負い目を感じることはなかった。

——本当は、うれしかったのだ……。

そのキズが、どれだけ泰斗が自分を大切に思ってくれていたかの、その証《あかし》のようで。

中学三年に大会で初めて泰斗が優勝した時、泰斗は誰よりも一番に、スタンドの僕のところまで駆けてきてメダルを見せてくれた。

一メートル九八。当時の県中学記録だった。

風のような助走から、ひらりと空を切り、一瞬、陽の光に透けるように空中に止まり、スッ…と、その高いバーを越えた泰斗の姿は、今でも目に焼きついている。

僕たちは、ずっと、親友だった。

……いつから、なのだろう?

泰斗が僕にそんな気持ちを持ち始めたのは。

……いつから、だったんだろう……?

僕が、泰斗を特別な目で見ていたのは……。

泰斗との関係が変わるなんて、絶対にありえないことだと思っていた。

中学の頃、泰斗は一度女の子とつきあっていたことがある。だがその時でさえ、僕は泰斗が僕から離れていくとは考えていなかった。

いつだって、泰斗にとって自分は特別なのだと、自惚《うぬぼ》れていたのかもしれない。

自分から「特別」になる努力もせず、その勇気もなく。ただ、与えられるだけの優しさに甘えて。

いったい僕は何をしてきたのだろう……？

まっすぐに自分から泰斗に向かうこともなく、逃げるだけで。相手に期待だけをして。

これでよかったんだろうか……？

初めて、そんな思いに捕らわれる。

本当にこのままで……、何も言わないままで、自分にあきらめがつくんだろうか……？

忘れられるのだろうか？　自分の気持ちも言わないままに離れて、本当に忘れられるんだろうか……？

僕は急に、落ち着かない気持ちになった。

なんだかわからない焦燥感《しょうそうかん》に駆られて、思わず視線で泰斗を探すが、人の影になって見つけることはできなかった。

僕と森崎が着席しているのは、舞台から降りてすぐ横の来賓席のうしろで、舞台への通用口の近くだ。何かの時にすぐに、舞台の袖と連絡がとれるように、という配慮だった。

と、その時、進行の「答辞《とうじ》」という声に、ハッ…と僕は姿勢を正した。

答辞は、慣例で歴代の生徒会長が読む。ということは、来年は自分がやることになる。

壇上に志野会長の姿を見るのもこれが最後だ。

明日からは、自分が会長と呼ばれる立場になるなんて、なんだか他人事のようだった。

志野会長にとって、箕方さんと過ごせた三年間は幸せだったんだろうな…、と、ふとそう思い、うらやましいような、淋しいような気になる。

卒業式。

僕にとっても今日が、泰斗からの卒業式なのだ……。

「答辞」

志野会長のよく通る声が会場に響く。

しん…、と水を打ったような静けさの中に、女生徒の小さなすすり泣きの声が混じり始める。

会長の答辞を聞きながら、ぎゅっ…と膝の上で指を握って、僕は急激に襲ってくる孤独感に耐えた。

――と。

ふいに不自然に揺れる気配や場違いな小声でのざわめきに、僕は現実へ引きもどされた。

前を見て、僕も、え…？　と目を疑う。

箕方さんが段を上がり、ステージへ入ろうとしていた。

正面にはまだ、答辞を読み終えたばかりの志野会長が立っていて……やはり、呆然と目を見開いている。

もちろん、今日の卒業式にこんな演出はない。

ゆっくりとした歩調のまま、演台をまわりこんで志野会長の横へ立った箕方さんは、会長に何かささやいたようだった。が、僕たちの耳にまでは届かない。

しかし、次の瞬間——。

誰もがアッ…と声をなくした。

箕方さんの指が志野会長の顎にかかり……引きよせて、キス——したのだ。

全校生徒の目の前で。おそらくは自分たちの両親もいる、その前で……！

理由、など考えられなかった。

だが箕方さんの満足そうな笑みが、後悔のない彼の選択を教えていた。

じゃあな、と正面向いて全校に告げた声にも態度にも、臆するところは少しもなかった。

そして思い出したように騒然となる体育館をあとに、ぎゅっと会長の手を握ったまま、舞台の袖へ走りこんだ。

二人の姿が消えたあとも、式場の興奮は収まらなかった。

いや、消えたあとさらに、まるで夢から覚めたみたいに、一気にテンションが上がっていた。

僕には、しかし、その喧噪も耳に入っていなかった。二人の……つないだ手が、まぶたに焼きついて消えなかった。

どうしても泰斗と自分とを重ねてしまう。

今までずっと…、僕たちはあんなふうに手をつないできたのに。

ぎゅっ…と、心臓を押し潰しそうな切なさに、叫び出したくなる。

なりふり構わず、胸の中に重く積もっているものを吐き出してしまいたくなる。

……ああ……、と僕は大きく息を吸いこんだ。

言わなければいけない。

全部、吐き出してしまわなければいけない。

ちゃんと想いをぶつけて、それからでなければ、泰斗から卒業することなんか、永遠に、不可能だ。

それでどれだけ自分がみじめになろうと。

「マジ、『卒業』ってシーンだな……。すげぇよ、副会長ー。やるときゃやるって感じ」

ほとほと感心したように横でつぶやいた森崎に、僕はようやく我に返った。

「コレ、近くで見れただけでも生徒会やった甲斐《かい》があったってもんだ……」

進行の先生がマイクで「静かに！」と繰り返し声をからしていたが、興奮のるつぼと化した体育館はなかなか収拾がつかなかった。

さすがに眉《まゆ》をよせた僕の脇を、森崎が肘で突っついてきた。くいっ、と顎を上げた合図は、なんとかしろよ、ということで……、確かに志野会長も箕方副会長も退場した今となっては、それは僕の役目だろう。

僕は肩で息をついて、森崎の耳元で一つ、指示を出した。

ＯＫ、と森崎がするりと体勢を低くして席を離れ、僕は進行の先生に頼んでマイクを譲《ゆず》ってもらう。

混乱する会場に、いきなりトランペットのファンファーレが高らかと鳴り響いた。

一瞬、その甲高い音量に押されて、会場のざわめきが低くトーンダウンする。

入退場の行進曲や式歌演奏のために、体育館の張り出した二階テラスに吹奏楽部が入っている。そこに森崎から頼んでもらったのだ。

喧噪があらかた収まったところで、僕はマイクのスイッチを入れた。

できるだけ軽快に、語りかける。

「それではみなさん。生涯《しょうがい》忘れられない卒業式にして下さった志野会長、箕方副会長に拍手を送り、式を続行させていただきたいと思います」

おーっ、という歓声とピーピーという口笛が、盛大な拍手に混じる。

それが収まるのを確認してから、僕はマイクを返し、自分の席にもどった。

帰ってきた森崎が、ハー…と感心したようにつぶやいた。

「しっかし、会長たちもたいした置き土産をしてくれたもんだよなー」

僕はそれにそっと微笑んで応えた。

泰斗と……話そう。

と、決めた。

式が終わったら、もう一度だけ、泰斗に時間をもらおう……、と。


しかし、卒業式のあと、僕は事後処理や謝恩会の事務連絡などで思うように時間がとれなかった。

また泰斗の方も、クラブでの送別があったのだろう。姿を見かけることはなくて。

結局、泰斗を捕まえることはできなかった。

夕方近くなり、名残惜しげに残っていた卒業生の姿も消え、校内に残る生徒もいなくなった頃、僕は体育館へもどって、マイク類や大切な備品の片づけをしていた。

イスや幕などは、どうあがいても一人でできるものではなく、明日以降に生徒会メンバー全員でかかることになっている。

祭の終わった会場はがらん…として、始まる前の入れ物と同じはずなのに、プレゼントをとり出したあとの空き箱のように、うち捨てられた淋しさがあった。花道に残る紙吹雪《ふぶき》や花びらが、別れの名残りに床を飾っている。

舞台袖の控え室にマイクなどの備品をしまい、鍵をかけて、舞台のライトを消す。

明かりがなくなると、すでに夕闇に包まれていた外の色合いと同化し、なにか体育館ごと、夜に溶けていくようだった。

それでも比較的明るい入り口あたりに、誰かの影がある。が、顔は判別できなかった。

と、僕は壇上から目を細めて入り口を見た。

「誰？　何か、忘れ物？」

僕は舞台から呼びかけた。他には誰もいない体育館で、その声は大きく響いた。

聞こえないはずはないのに、その影は何も応えない。

その代わり、ゆっくりと近づいてきた。

だんだん大きくなるそのシルエットに、僕は息を呑んだ。

「た…たいと……？」

思わず、かすれ声がもれる。

そんなはずはないのに……、泰斗から僕に会いに来てくれるなんてはずはないのに。

願望が見せるだけの幻なのか、その影は僕のよく知っているものに似ていた。

舞台の下まで来て、格子戸から差しこむ夕日の中に立つその姿に、僕の息は止まった。

「偲…」

泰斗が、僕の名を呼ぶ。

僕は呆然と泰斗を見つめたまま、返事もできなかった。

泰斗はそんな僕を見て、小さく息をつき、それでも意を決したように段を上がってきた。なぜかチューリップの花束を手にした泰斗が、僕の目の前に立っていた。

「今……、ちょっと、いいか?」

なんだか遠慮がちに尋ねてくる泰斗に、僕はがくがくとうなずいた。

「ぼ…僕も、泰斗と話したかったから……」

声がうわずるのを抑えられない。

泰斗は一瞬、え、という顔をし、それでも思い直したように視線を伏せ……、いきなり花束を僕に差し出してきた。

僕は混乱したまま、条件反射でそれを受けとって、問うように泰斗を見上げる。

泰斗はわずかに視線をそらしたまま言った。

「先輩に…、言われたんだ。今日のおまえ、おかしいって。失恋したんっす、って言ったら……、この花、俺にくれなくてもいいから、もういっぺん行ってこいっ、て怒鳴られた。あきらめきれてるようなツラじゃねぇ、ってさ。さっきの……、志野会長たち見ただろ、って」

心臓が、ドキドキとものすごい勢いで打ち始めた。痛いくらいだった。

「迷惑だと思うけど……、昨日、あんなにはっきりふられてるのにな……。おまえにはやっぱり、気持ち悪いだけのことかもしれないけど……、思いきれなくて……さ。なんか俺、ストーカーみたいだな……」

自嘲気味に泰斗が笑う。

「もう、つきあってほしいなんて、ゼイタク言わないから。でも、前みたいにせめて……。すげぇ、キツイんだ。もうおまえと全然関係ない、なんて……。身体の半分、持ってかれたみたいで……。でもそれもやっぱり無理……か……？」

いつもの泰斗からは考えられないくらい弱気で……、上目遣いにうかがうみたいに揺れる眼差しが愛しくて。

手にした花束から、熱いものが体中、いっぱいに広がっていく。

ぼろぼろ…と抑えようもなく涙が溢れた。

ぐしゃぐしゃの顔を隠すように、僕はあわてて花束に顔を埋めた。

甘い香りが全身に沁《し》みこんでくる。

泰斗の……優しい想いのように。

声が出ない。言葉にならない。

そんな僕の姿に、泰斗がおかしいくらいおたおたした。

「ごっ、ごめん…っ、ごめん、偲……！　俺……、そんな……泣くほど……やっぱり、嫌か……？　だったら、ほんとに俺…っ、二度とおまえには近づかないから……っ」

思わず手を伸ばそうとしてあわてて引っこめる泰斗に、僕は思いっきり叫んでいた。

「ちがう……ちがう、ちがうっ！」

悔しくて、情けなくて。

「偲……？」

「どうして……、どうしていつも泰斗が先に言うんだっ!? 僕が……今度こそ僕から……言わなくちゃ……って……思って……っ」

うれしくて。信じられないくらい幸せで。

「しのぶ……？ おまえ……」

口を半分開けたまま、ぼけっと泰斗が僕を見つめる。

「泰斗が……好きだ。泰斗が好きだ……。死にたいくらい泰斗が好き……」

もうバカになったみたいに、そんな言葉しか口にできない。

「ほ…ほんとに……？」

なんだか間の抜けた顔で泰斗がつぶやき、次の瞬間、がばっ、と僕を抱きしめる。

ぐしゃ…と二人の間で花束が潰されて、あっ…と身体を放し、ちょっと照れたみたいに笑った泰斗は、そっと僕の手から赤いチューリップをとって演台の上に避難させた。

それから、今度はそっと手を伸ばしてくる。

実体を確かめるように僕の頬に触れ、涙の跡を指先でぬぐい……、僕はそのまま、もたれこむようにして泰斗の肩に顔を埋める。

「ほんとに……？」

ささやくようにもう一度尋ねてくる泰斗に、僕は目を閉じたまま、うん、と答えた。

「無理しなくていいんだぞ……？」

「してないよ……」

泰斗の腕がためらいがちに背中にまわってくる。次第にその腕にこめられる力が強くなり、僕はぎゅっと抱きしめられる。

本当にひさしぶりに、泰斗に触れた気がした。

その温《ぬく》もりに包まれて、ハァ…と小さく吐息すると、泰斗が僕の顔をのぞきこんでくる。

間近で目が合って……僕はゆっくりと目を閉じた。

鼻先にかかる泰斗の吐息がちょっと乱れる。

それでもすぐに、誘われるように唇が僕のに触れ……、すぐに離れてから、もう一度、今度は深く重なってくる。

初めての……本当の、キスだった。

熱に浮かされるように、僕たちは何度もキスをした。経験の乏《とぼ》しい者同士だから、ずいぶんと稚拙《ちせつ》な、技巧のかけらもないようなものだったけど……、それだけに夢中だった。

と、いきなり、突き放すように泰斗が僕の肩を押した。

「ダメだ、これ以上こうしてたら、俺……」

あせった声で言葉尻を濁した泰斗だったが、何が言いたいのかは……、やはり同じ男なだけにわかってしまう。

ぎゅっと密着していた下肢には、明らかな反応があった。

「……いいよ」

ちょっと笑いながら、さらりと言った僕に、へっ？　と泰斗が裏返った声を上げた。

「お…おまえ……、わかってんのか……？」

「わかってるよ」

今の僕にはもう、親友と恋人の境目なんかなかった。呼び方なんてどうでもいい。

泰斗が大切だった。泰斗にそばにいてほしかった。その想いだけだ。

「一年も待ったんだから…、そんなふうに言われたら、俺、マジで我慢きかねぇぞ…？」

「我慢、しなくていい……」

僕の方から泰斗の肩にしがみつき、首に両腕をまわす。

人差し指がふと、泰斗の頭の後ろのキズに触れる。じん…と指先が熱く痺《しび》れた。

小さくうめいた泰斗がいきなり僕の身体を持ち上げて、そっと舞台へ横たえた。

ひやりとした感触に、小さく身震いする。

確認するようにじっとただ見つめてくる泰斗の視線の中で、僕は自分でブレザーを脱ぐ。

タイを解き、シャツのボタンを外し始めたところで、泰斗が猛然とした勢いで自分の服を脱ぎ始めた。

おたがいによく知っている身体だった。風呂にだって、何度も、一緒に入ったことがある。

でも今は、それが恥ずかしくて。

日の沈みかけた薄闇の中で、ほとんど影だけにしかおたがいが見えないのが救いだった。

熱い身体が素肌に重なってくる。

そうでなくとも寒い、真冬の体育館で、しかし寒さは感じなかった。

僕に体重をかけないように、自分の肘で身体を支えた泰斗が、僕の身体のあちこちにキスを落としてくる。首筋に、胸に、脇腹に。

跡が残ってしまうくらいに、きつく。

でもそれが、心地よかった。

手のひらが大切な宝石を扱うように、肌を撫でてくる。全身を確かめるみたいに指をすべらせ、足から上がっていって髪の毛に埋める。

こめかみに唇をあて、泰斗がささやいた。

「俺……、すげぇ…後悔してたんだ……。おまえのことなくすんなら……、あんなこと、言わなきゃよかった…って……」

その言葉に、僕は胸がいっぱいになる。

「ごめん……泰斗……」

泰斗は熱くささやき続けた。

「でも……、もう限界だった。このやわらかい髪も……、きれいな声も全部独占したかった。他のヤツに…触らせたくなかったんだ……」

「バカ……」

他のヤツに、こんなことはさせたりしない。

泰斗がそっと微笑んで、僕の手をとり、指先に口づける。……そんなロマンチックな仕草が似合う男だとは思わなかったのに。

なんだかくすぐったくて笑う僕に、泰斗は再びキスの雨を降らせてくる。

喉元から鎖骨《さこつ》のあたり。そして、小さな乳首が唇に含まれた時、思わず僕は声を上げた。

それに喜んで、泰斗がさらにしつこくそこを攻め始める。

「バ…バカ…っ、もう……」

舌先でつつかれ、軽く歯で噛まれると、信じられないような甘い痺れが身体の芯を走る。

あせって弱くあらがう僕の腕を押さえて、泰斗はさらに指でそこをいじめ、それから
「たいと……っ」

ゆっくりと身体を下げていった。

へそのあたりにキスしながら、片方の手が僕の足の間に入りこんで……僕のものを

きゅっと握りこむ。

「……あぁっ！」

びくっ…と僕は、身体を跳ね上げた。

目の前が赤く染まる。

自分のものとは違うごつい指が動き始めて……、僕を上下にしごき始める。

人にされる快感に慣れていない僕のは、すぐに先端から雫《しずく》を溢れさせた。

「あっ…あぁっ…、たい…と…、やぁ…っ」

身体の中心から湧き上がってくる疼きに、感情がついていかない。

「しのぶ……、すげぇ……かわいい」

泰斗の熱くかすれた声が、さらに羞恥をあおる。

ふっ…と泰斗の手が放れて、一瞬、ホッとしたのもつかの間、次の瞬間、僕は大きく叫んでいた。

「バカ…バカ…っ！　そんなの…ダメだ……っ！」

泰斗の手が僕の両足を抱え上げたかと思うと……、いきなり濡れている僕を口に含んだのだ。目の前で白い光がスパークした。

「ダメなわけないだろ?」

くぐもった声で泰斗がからかうように言う。

たっぷりと舌をからめ、きつく吸い上げられて、理性も見栄も弾け飛ぶ。

そして先端を軽く噛まれた瞬間、こらえきれずに、声を上げて僕は泰斗の口の中に放っていた。

呆然としたまま、何も考えられなかった僕は、しかし続けて泰斗にされたことに一瞬、恥ずかしさのあまり死にたくなる。

ぐったりとする僕の腰を抱え上げて、泰斗は口で受けたもので僕の後ろを……濡らし始めたのだ。

去年、泰斗に告白された時から、僕も男同士のコレについては、ずいぶんと耳年増《みみどしま》になっていた。だから……、どこで何を受けるかは、知識として、ある。――だが。

そんなところに口をつけられるだなんて、まったく想像を絶することだった。

「たっ…泰斗っ！　そんな……やめろっ！」

思わず腰を浮かせ、足をバタつかせたが、がっちりと押さえこまれて逃れようがない。

「やめて……やめてくれっ…、泰斗……！」

ついに泣き出してしまった僕に、泰斗が困ったように顔をのぞきこむ。

「やっぱり……イヤ、か……？」

僕はしゃくりあげながらうめいた。

「そんなこと、しなくていいから……っ」

「でも、濡らしとかないと痛いって……」

「いいからっっ！」

僕は顔を真っ赤にしてわめいた。

泰斗はすまなさそうな表情で、それでも僕の身体を抱きかかえる。そしてゆっくりと後ろへ指を這わせてきた。

「ん……っ」

無意識に、僕は息をつめた。

まるで生き物のように動く指が、僕のそこをもみほぐし…、やがて中へ入ってくる。

あっ…、と短い声を上げる間に、それは深く侵入し、中をかきまわした。

「んっ…ふ…ぁ……、ああ……っ」

うわずった声がもれる。

もちろん痛みはある。だがそれだけでなく、おそろしく不安な、奇妙な感覚だった。

「熱いな……、おまえの中……」

泰斗がつぶやく。

指は二本に増え、押し広げられて、そしてそれが次第に一点を突いてくるようになると、焦がれるような疼きとともに僕の前が再び反応を始めていた。

僕は荒い息をつきながら、泰斗の背中にすがる。泰斗も力いっぱい、僕を抱き返してくれる。

と、指が抜け、今度はもっと熱いものがその場所に押しあてられた。

それが何かは、もちろん、わかっている。

涙にうるんだ目をうっすらと開けると、心配そうに見つめてくる泰斗の瞳があった。

「……恐い、か……？　偲……」

僕は小さく笑って、首をふった。

恐いことなんか、何もない。――泰斗を失うことに比べたら。

「……好きだ……」

ささやいて泰斗がゆっくりと侵入を始めた。

その大きさに、さすがに息がつまる。みしっ…っと身体が裂けるような痛みが走る。

それでも、嫌だ、とは思わなかった。

僕の息が整うのを待ちながら、泰斗が少しずつ、入ってくる。

長い時間をかけてようやく全部収まった時には、二人とも汗がにじんでいた。

顔を見合わせて、ひっそりと共犯者の微笑みを交わす。

「……好きだよ……泰斗……。ずっと、好きだった……」

僕がそっとささやいた。泰斗の顔が泣きそうにゆがみ、返事のように深く口づけてくる。

泰斗がゆっくりと動き始める。

つながっている部分が激しくこすられ、熱を持つ。

痛みと、その隣にある信じられない疼きに、身体が溶けていく。身体と、心が。

「んっ……、あっ……ああっ……！」

泰斗の肩に爪を立て、両足で腰を挟みこんで、僕は流れに飲みこまれまいと抵抗する。

二人の吐き出す息が次第に一つになる。

一緒にあの高いバーを越えようと、泰斗が僕の手を握って助走を始める。

勢いをつけて地面を蹴り、タイミングを計って踏み切って……

「あっ…、あぁ――――っ……！」

僕たちは一緒に、行ったこともないほどの高みを飛び越えていた――。


「今なら三メートルくらい、楽々、飛べそうな気分……」

犬みたいに鼻の頭を僕の髪の中につっこんでかきまわしながら、泰斗がつぶやいた。

「……バカ、それじゃ、世界記録だ……」

僕は泰斗の腕の中でくすくす笑った。

「会長たちのおかげだな……」

いそいそと、もう指を動かすこともできないほどぐったりとした僕にシャツを着せながら、泰斗が幸せそうに笑った。

うん…、と僕もうなずきながら、あの二人はあれからどうしたんだろう、とふと考えた。二人とも、生徒会役員としてはめずらしく、外の大学へ進学する。ひょっとして、一緒に暮らしたり……するんだろうか？

またいつか会いたい、と思う。会って、ありがとう、と言いたい……。

「けど来年、おまえは森崎とあんなこと、するなよ？」

ふと、ボタンをかける手を止めて、泰斗がむっつりとバカなことを言ってくる。

「俺、さ…。おまえが会長に決まった時……、自分で応援しときながらなんかショックだったよ。おまえが……ずっと遠いとこへ行っちまうみたいで……。実際おまえ、すげぇいそがしくなって、なかなか会えなかったし……、だからよけい、森崎なんかに腹が立つし……」

「妬《や》いてたの？　森崎に？」

からかうように言った僕に、泰斗は不機嫌に鼻を鳴らせた。

「悪《わり》ぃか？」

くすくすと、僕は笑う。

森崎は……泰斗と似ている。だからうまくやれるのだ。だけど、決して、泰斗の代わりになるわけじゃない。

先に立ち上がった泰斗に手を引っ張ってもらいながら、僕は言った。

「森崎とは親友になるかもしれないけど、親友で恋人なのは、泰斗だけだろう?」

これからも、ずっと。

当然だ、とにんまり笑う泰斗と手をつないで、僕は壇上からもう真っ暗な体育館を見渡した。

心の中で、そっと告げる。

僕たちはきっと幸せになります。

二度と、おたがいを放さないように。

だから先輩たちもずっと幸せに……。


これが、僕たちからの送辞です――。

end.

記念品

暖かなこの地方では、少し遅いくらいの桜が校内にピンクの花びらを散らせていた。

それを蹴散《けち》らすようにしてドタバタとすごい勢いで男が走ってくるのを、大野俊紀《おおのとしき》は呆然《ぼうぜん》と見つめた。

マンガならそれこそ、後ろから砂煙を吹き上げてきそうな勢いだ。

そしてその勢いのままあせった顔で体育館の入り口に張りついた男は、閉じてある扉の隙間《すきま》をこじ開けるようにして身体を直角の九十度に折り曲げ、必死に中をのぞきこみ始めた。

扉は昔ながらの重い鉄の開き戸で、中を透かし見ることはできないのだ。

「あちゃー……」

と、その背中から情けない声がこぼれ落ちた。

中からはマイクを通した校長の声がとうとうと流れ出している。

入学式はすでに始まっていた。

さほど長身ではない俊紀よりもまだわずかに低く、皺《しわ》のない新品の制服。真新しいタイ。ピカピカの革靴。どうやら新入生らしい。

俊紀はわずか寝癖《ねぐせ》の残るその横顔を眺めて、思わずクスッと笑った。

その声にようやく彼はこちらに気づいたらしく、ハッとふり返る。

瞬間、わっ、と声を上げると、ひどく驚いたように目を見開いた。

「せ…先輩……っ」

小さく叫んで、戸口にそってずずっと腰をすべらせた。

「どうしたの?」

情けなくコンクリの段にぺたん、と腰をついてしまった少年に、なかばからかうような調子で俊紀は声をかけた。

「え、えーっと…、その、もう始まって、ます、よね……?」

中を指差しながら間の抜けた顔で尋ねてくるのに、俊紀はおごそかな顔でうなずいてやる。

「そうみたいだね。もう十分くらいはたってると思うけど。——新入生?」

「は、はい。えーと…、俺、ちょっと、寝過ごしちゃって」

へへへ…、と頭をかきながら彼が照れ笑いのようなものを浮かべた。

愛敬《あいきょう》のある、人好きする笑顔だ。

「入学式から遅刻だなんて、大物だね」

「あっ…ありがとうございますっ」

とたん、胸を張ってにこにこと笑った少年に、俊紀はあきれたようにつぶやいた。

「……別に褒《ほ》めたわけじゃないんだけど」

あ、と口を開けた彼が、あわてたように言った。

「せ、先輩はどうしたんですか?」

「僕は担任に頼まれて足りないイスを二つ、とってきたところ。別に遅れたわけじゃないよ」

両脇に抱えていた折畳みのイスを示してやると、彼はなぜか残念そうに、ちぇーっとつぶやいた。遅刻仲間ができずに残念なようだ。

それに俊紀は軽く顎《あご》を引いて、体育館の側面を指してやった。

「一緒においで。こっそり入れてあげるから」

「えっ、ほんとですかっ? 助かったぁ……」

おおげさに喜ぶ彼に、俊紀は苦笑した。

「遅刻してくるわりには真面目だね。入学式はさぼっても別にバレないだろう? 先にクラスに入っちゃえばいいのに」

「先輩が一緒してくれるんなら、俺、喜んでさぼるんですけど」

冗談とも思えない、えらく真剣な顔でそう言うのに、俊紀は思わず吹き出してしまった。

初対面でずいぶん馴れ馴れしい感じだが、嫌味がない。怒るより先に笑ってしまう雰囲気が彼にはあった。

「なに言ってるの」

そして、こっちだよ、と、ふだんは雑草だらけだが、この日のためにめずらしく掃除《そうじ》された体育館の横側に俊紀はまわりこんだ。

「あ、持ちます」

あわてて飛んできた彼が、先に歩き始めた俊紀のイスの片方に手をかけてくれたので、俊紀は荷物を一つ、彼に任せた。

気が利《き》くな、と好ましく思う。

今度の新入生は高校生としては初めてできる後輩だったが、中学時代でも、こちらから言わなければまったく動かない後輩がほとんどだった。

中学から、クラブでもレギュラーと兼業でマネージャーをしていた俊紀には、それがずいぶんとじれったかったものだ。

「こんな日に寝坊なんて、昨日はそんなに緊張して眠れなかったの？」

今どき小学生だって入学式に緊張するようなことはないだろう。

からかうつもりでそう言った俊紀の言葉は、しかしめいっぱい大きくうなずいて肯定された。

「そーなんです。俺、もうドキドキしっぱなしで。全然寝られなくって。やっぱり第一印象って大切だと思うし。——でもこんなとこで先輩に会うんだもんなぁ……フェイントだよなぁ……」

最後の方は、なんだかぶつぶつ言う彼に、俊紀は意地悪く言った。

「高校生活最初の仕事が僕の手伝いだなんて、ずいぶん幸先《さいさき》がいいんじゃないか？」

「ほんとですっ」

ほんの冗談のつもりだったのに、なんだか勢いこんでそう答えられて、さすがに変な顔をしてしまったのだろう。彼があわてたように言った。

「……あ、えーと、退屈な校長の話をたらたら聞くよりずっといいし」

「調子がいいな」

俊紀はちょっと意味ありげに笑った。

「もし君がバスケ部に入部してくるんなら、いくらでも手伝わせてあげるよ」

「ほんとですかっ？」

うれしそうに言われて、さすがに俊紀は眉をよせた。

「僕にこき使われたいの？　変わってるね」

しかし彼は、パイプイスを肩にかつぎ上げながらにこにこと笑った。

「今日、助けてもらったお礼に、俺、先輩のドレーになります」

「おおげさだな」

「そりゃ、ツルもカメも恩返しする世の中なんですから。人間の俺がしないとやっぱり立場がないでしょう」

妙に神妙な顔つきでそう言った彼に、俊紀は一瞬あっけにとられ、次の瞬間、吹き出してしまった。ほとんど爆笑だった。

この分では体育館の中にまで響いていたかもしれない。状況を思い出してあわてて笑いを収めたが、腹が痛かった。

「……君……おもしろいねえ……」

今度は本当に感心して、俊紀は新入生をマジマジと眺めてしまった。

なんだか、ひさしぶりに声に出して笑った気がした。

そして、ふと、自分がしばらく笑っていなかったことに気づく。

いつも何気ない笑顔を作ってはいても。それは表面上のものだった。

自分の気持ちをずっとだますようにして隠し続けていることに、そろそろ疲れていたのかもしれない……。

と、横の新入生が何かちょっと驚いたように目を丸くして、それから彼自身、本当にうれしそうな笑顔を見せた。

裏のない晴れやかな笑みに、一瞬、心が奪われる。

「やっぱり先輩は、泣き顔より笑った方が可愛《かわい》いですね」

「え…っ？」

泣き顔——って……？

言われた言葉に俊紀はハッとしたが、すぐに彼は続けた。

「……ってセリフが有名な少女マンガにあるんですよね。王子様がヒロインの女の子に言うんです。永遠の口説き文句かもしれませんねー」

ぬけぬけとした調子で言う彼を、俊紀は軽くにらみつけた。

「僕を口説いてるの？　僕は女の子でもないし、可愛いって言われて喜ぶ趣味もないけどね」

「あっ…、すっ、すみません。そーゆーつもりじゃ……」

とたんに、彼はおろおろとした。

「えっと…、怒りました……？」

首を縮めるようにして、不安げに見上げてくる彼に、俊紀は肩をすくめた。

「怒ってないよ。でも、君、少女マンガなんか読むの？」

「読みませんよー。ねーちゃんが持ってたやつをちらっと見ただけですっ」

あせって言い訳する彼に、俊紀はくすくす笑った。

本当に表情の豊かな、明るい一年坊主だ。近くにいたら楽しいだろうな、と思う。

あまり長身でもないから期待はできないが、自分の所属するバスケ部に、ホントに入ってこないかな、と考えてしまう。

「お、すまんな」

そうするうちにステージの裏にまわりこんで、本来は舞台装置などの搬入用出入口からそっと入りこむと、待っていた担任の八代《やしろ》先生がイスを受けとってくれた。

ステージではようやく校長の演説も終わり、どうやら生徒会長の新入生歓迎の言葉に移っているようだった。

ステージの袖《そで》には、すぐ横の小さな放送室に放送部員が数名と、式の準備にあたった生徒会役員、そして係についている先生が二、三人、立っている。

その先生用にイスを運んできたのだ。

俊紀は特別に何かの係というわけではなかったが、まあ、運悪く……なのか、担任に捕まってその役目を仰せつかってしまった。

担任の八代先生はバスケ部の顧問《こもん》でもあり、バスケ部のマネージャーをしている俊紀が使いやすかったのと、体育館の近くにあるバスケ部の部室に折り畳みイスがあることを知っていたからだろう。

ようやくお役ごめんになり、手持ち無沙汰《ぶさた》になってきょろきょろする新入生をふり返って、俊紀はこっちこっちと手招きした。

ステージの袖から体育館の隅へ出られる連絡口がある。そこから自分と一緒に教職員席の背中を抜けるようにして出してやれば、彼も新入生の末席くらいには着けるだろう、と思ったのだ。

と、ちょうどその時、生徒会長の歓迎の言葉が終わったようで、大きな拍手が会場から湧き起こったのに、ふっと気がとられる。

「新入生、挨拶《あいさつ》――代表、森崎祥文《もりさきよしふみ》」

続いて、司会のそんな声が届いてくる。

新入生代表といえば、たいていその年の入試の成績優秀者……平たく言うと、トップ入学してきた人間のはずだ。

ちょっと興味を引かれて、俊紀は舞台のカーテンの陰からそっと中央をのぞきこんだ。

司会の紹介に、壇上を上がってくるはずのその男は、しかし返事もない。

あれ？　と俊紀が思うくらいの長すぎる沈黙に、会場の方にもかすかなざわめきが起きる。

「えー、代表、森崎祥文」

司会の先生の声も、咳払《せきばら》いをして、困惑したように再び呼び出す。

――と。

「うわっっ、はいはいはいっっ！」

いきなり耳元で弾けた声に、俊紀は驚いた。

黒い影が、またしてもドタバタと舞台の中央へ駆け出していった。

その様子に厳粛《げんしゅく》だった会場がどっと笑う。

ついさっきまで俊紀のすぐ横にいた新入生が、今は主役然として舞台の中央に立っていた。

「どーも、すみません。こんな日に寝坊しちゃいまして」

頭をかきながら会場にぺこり、と頭を下げた彼に、「いいぞぉ！　森崎！」といくつも声がかかる。中学からの友人たちなのだろうか。

それにまた会場が沸いた。

……新入生代表？　あいつが？

俊紀は呆然と口を開けたまま、その横顔を眺めた。

いったい何の冗談だ？

心底、あっけにとられる。

しかし彼は脳天気に会場からの声援（？）をおもむろに手で制し、

「えーっと…、ゆうべ、夢の中まで考えてた最高の挨拶の言葉は今朝のショックでぶっとんじゃったんで。――ともかく、俺は竹叡《ちくえい》に来られて、今、すっごい幸せです。先生方、そして先輩方には三年間、いろいろとご迷惑もおかけすると思いますが、よろしくお願いしますっ！」

それだけ力強く言いきると、ぺこっと一礼して、またすたこらと……下の新入生席へ帰ればいいものを、こっちの舞台袖へまいもどってきた。

思い出したように会場から拍手が鳴り響く。

冷やかし半分の歓声と拍手を背中にしょってまっすぐに俊紀のところへやってきた新入生代表は、にかっと笑って言った。

「そんなわけで、よろしくお願いしますっ、先輩」

そして驚いたことに、彼——森崎祥文は本当にバスケ部に入部してきたのである。

◇　◇

夏真っ盛りの八月上旬。

じっとしていてさえ汗のしたたり落ちる陽気で、激しい運動で熱せられた空気のこもる体育館では、さらにねっとりとした汗が水蒸気になって空間がゆがむくらいだ。

夏休みもなかばに入り、バスケ部も秋の大会に向けて強化合宿に入っていた。

夏前には、インターハイ予選である県総体をベスト8とまずまずの成績を収め、それを最後に三年の先輩たちはあらかた引退した。

この合宿あたりから、二年生がクラブの主体となる。

基礎練の締めくくりのランニングから帰ってきた一年生たちが、次々とわずかな陰を求めてバテたように体育館の入り口近くに倒れこんでいた。

その中に、森崎の姿もある。死ぬーっ、とひときわにぎやかに床へ大の字に転がっているのがそうだ。

それを横目にして、小さく笑いながら俊紀はピーッ、と長めに笛を吹いた。

「十分、休憩！」

そう大きく声をかけると、瞬間、ダンダン…と床をたたいていたボールの音が、プツッ…と切れる。

パス練習をしていた一団からどっ…と緊張感が抜け落ちた。

肩で大きくあえぎながら、水をかぶりに行ったり、タオルをとりに行ったりと、みんなが思い思いにコートから散っていく。

それを見送って、俊紀は手にしていたクリップタイプのバインダー（部員たちの間では「鬼マネの閻魔帳《えんまちょう》」、と呼ばれている）にいくつか気づいたことをチェックした。

バスケ部の練習メニューやスケジュールは、主に俊紀が原案を作り、それを顧問と相談して練《ね》り上げるという形になっている。

中学時代は自分も選手だった俊紀だが、高校に入ってからはマネージャーに専念していた。実際には、マネージャー兼コーチ、というところだろうか。

俊紀はプレイヤーとしての自分の能力を知っていたし、それよりもマネージャーとして個々のチームメイトの力を伸ばすことの方が、自分としても楽しかった。

どちらかというと進学校の竹叡学院は、運動部に専任の監督がつくほどの強豪《きょうごう》でもなく、顧問の八代先生も、自分が学生時代はバスケ部だったとはいえ専門にしているわけではなかったので、俊紀はかなり気楽に、思うようにやらせてもらっていた。

しかしだからこそ、それなりの責任は感じている。

練習を見る俊紀の目が、普通のクラブのマネージャーなどよりもずっと厳しくなるのはそのせいだ。顧問がいない時の練習は、ほとんど俊紀が仕切っていた。

それだけでなく、部費や備品の管理から、部員の健康管理や体調などにも気を配り、部員の性格をきちんと把握《はあく》して、チームをまとめることにも努力した。

比較的小柄で、一見たおやかな、優しげな容姿で、少し長めのふわふわとやわらかい髪を無造作に後ろで束ねた姿は、黙ってさえいれば、「暑苦しい体育館の中のオアシス」とも称されるのだが、いったん口を開けば、飛び出すのは厳しい叱咤《しった》、罵声《ばせい》に叱責、注意である。

この高めのピシャリとした声が「グズグズするな！」とか、「あと五分！」とか響き渡ると、ふだんは体育館を半分に分けあっているバレー部の練習のかけ声が、フッ…と途切れてしまうくらいの迫力だった。

先輩に向かってでさえ、練習時間に遅刻すれば容赦《ようしゃ》なくグラウンド十周の罰則を科し、だらけていれば冷ややかに「体調が悪いようでしたら、今日はもう休んで下さってかまいませんよ」とにこりともせずに言い渡す。

しかしその誰に対しても公平な、凛《りん》とした態度は決して部員たちに反感を持たせなかったし、俊紀の作る練習メニューにしても、いろんな角度からよく考えられていて、実際に効果的なものだった。

最初の一年間でしっかりと基盤を作ってきたこともあり、部内での信用も厚い俊紀は、誰もが頭の上がらない、しっかり者で有能なマネージャーなのだ。

俊紀はちらりと腕時計に視線を落とした。

朝の十時半を少しまわったところだ。

「――あ、キャプテン、今から行ってきますから」

ちょうどタオルをとりに横を通った先輩に声をかける。

それにひょい、と俊紀に向き直った男は、苦笑いを浮かべた。

「おいおい、今の主将はもう俺じゃないだろ?」

言われて、あ、と俊紀は舌を出した。

つい先日、この元キャプテンは引退したところだったのだが、予備校の夏期講習の息抜きにと合宿に顔を出してくれていたのだ。

そして、今のキャプテンは――。

「おい、キャプテン！」

元キャプテンに呼ばれて、しかし新しいキャプテンはそれが自分のこととは思っていないようだった。大きな身体を丸め、その声をまるで無視して、クーラーボックスからスポーツドリンクのペットボトルをとり出している。

「合田《ごうだ》！　おおい、キャプテン！」

からかうようにさらにそう呼ばれて、ようやく弾かれたようにその男がふり返った。手招きされてあわててやってくる。

「バカ、おまえがキャプテンだろうが」

にやにや笑われて、彼が困ったように頭をかいた。

「すいません。なんだかまだ実感がなくて」

「しっかりしろよ、和久《かずひさ》」

と、脇腹を突っつくようにして、俊紀も笑いながら彼を見上げた。

合田和久は、俊紀とは中学時代からの親友だった。

中学一年の時に出会い、一緒にバスケ部に入り、一緒にコートを走ってきた。

同じ高校を目指し、そして和久の方はプレイヤーとして、俊紀はマネージャーとして今も続けている。

同じプレイヤーとしてコートに立つには、すでに技量が違いすぎていた。体格だけでも、和久は俊紀よりひとまわり以上大きく、身長も十センチは高い。

どんどんと自分から離れて、身体も、人間的にも大きくなっていく親友を見ているのは、誇らしくもあり……淋《さび》しくもあった。

——そしていつの間にか、俊紀は彼をそばで見ていることが、だんだんとつらくなっていた。

おおらかで、誠実で。思慮深く、何事にもまっすぐに向き合う男だった。

バスケでもかなりのセンまで行ける実力があった。しかし和久が将来、自分の目標として決めているのは、弁護士だった。彼の父親がそうなのだ。

だからこそ、バスケの強い高校ではなくこの竹叡を選んだのだが。

中学時代、ここまではっきりと自分の道を決めているクラスメイトは他にはいなかった。

だからだろうか。一緒につるんで遊んでいても、和久はどこかおとなびていた。

友情と憧れは同時に育っていった。そして憧れは……もっと別のものに変化していた。

何年もずっと、同じ時間を過ごしてきて。和久は俊紀を親友として、そしてチームメイトとして、誰よりも信頼してくれている。

この竹叡で、和久がキャプテンとして、そして自分はマネージャーとして、パートナーのように支え合ってクラブを作っていけるのはうれしかった。

だが俊紀は、その和久の気持ちをどこかで裏切っているような、そんな後ろめたさを感じ始めていたのだ。

——と。

「俊紀せんぱーい、どっか行くんですか？」

いつの間にか復活して背後に忍びよっていたらしい森崎が、俊紀の肩口からぬっと顔をのぞかせるようにして人懐っこく尋ねてくる。

入学式の時に助けてやった恩を感じているわけでもないだろうが、森崎は入部してからもよく俊紀の手伝いをしてくれていた。

練習後に残って部室や用具室の整理をしたり、弁当や飲み物の買い出しについてきてくれたり。

ころころと楽しげに俊紀のあとをついてまわる森崎を、他の部員たちは「マネの忠犬《ちゅうけん》ハチ公」と呼んでからかっている。

森崎は中学校の頃は陸上をやっていたようで、バスケは体育の授業くらいしか経験はないようだったが、しかしこの数カ月で驚くほど力をつけていた。

ちょっとした紅白戦でも、状況判断の的確さはハッとするほど鮮《あざ》やかで、俊紀の目を引きつけた。パス出しのタイミングのうまさ、駆け引き。そしてポジショニングのうまさ。

もう少し身長があれば、とも思うが、決して低いわけでもないし、敏捷《びんしょう》であれば長身でなくとも必ずしもマイナスというわけでもない、と俊紀は思っている。

その森崎をふり返って、「暁《あき》高に練習試合の申し込みに行くんだよ」と答えた俊紀に、横から和久がちょっと眉をよせて尋ねた。

「一人で大丈夫か?」

「そんな、別に殴りこみに行くわけじゃあるまいし」

俊紀は笑って手をふった。

まあ、確かにあまりガラのよくない学校ではあったが。

「俺っ、俺っ、お供しまっすっ!」

と、後ろから森崎が、はいはいはいっ、と叫び出しそうな勢いで手を上げる。

それをチラリとにらみつけて、俊紀は言った。

「森崎はまだ練習中だろう?」

「でもーっ、ほら、すぐに昼休みになるでしょ? あっ、それにそろそろ最終日の打ち上げの買い出しもしときたいしっ! 俺、準備任されてますからっ」

お願いしますよーっ、と背中にすがりつく森崎に嘆息した俊紀だったが、和久がそれを見て苦笑した。

「まあ、いいんじゃないか? カバン持ちに連れていけば。基礎練は終わってるんだし、スポーツ店にもよるんだろ?」

「ほらっ、キャプテンの許可も出たしっ！」

味方を得てさらに勢いこんだ森崎が、指を組み合わせてすがるような、うるうるさせた目で見上げてくる。

他の人間なら「さっさと練習にもどれ」とでも一喝《いっかつ》すれば引き下がるのだが、どうもこの森崎だけは調子が狂う、というか、タイミングを狂わされるところがあった。

妙なところで押しが強いのだ。

ハァ、とため息をついて、着替えてこい、と俊紀は許可した。

やりぃ、とはしゃいだ森崎は、待っててくださいねー、おいてかないでくださいねーっ、と何度も念を押しながらバタバタと部室へ走っていく。

「おまえ、本当に森崎に懐かれたなぁ……」

と、その背中を見送りながら、和久が苦笑した。

「あれを懐いた、って言うのか……」

一種のヒナの刷りこみじゃないのか、と俊紀は嘆息する。竹叡に来て最初に出会ったのが自分だったから。

だがそれがうっとうしいとか、邪魔だとかは、不思議と感じない。それが森崎のキャラクターのいいところなのだろう。

クラブの中でも、彼はムードメーカーだった。自然とまわりを盛り上げる雰囲気を持っている。

森崎が新入生代表として立った時には驚いたものだが、今なら納得できる気がした。彼は、頭がいい。成績がいい、というのとは違う意味で。

まわりの人間を笑わせるのも、もともとの森崎の気質もあるのだろうが、やはりその場の空気をつかむのがうまいのだ。

「あ、打ち上げの買い物するんなら、花火も買ってきてくれよな。でかい打ち上げのヤツも。やっぱり定番だよな」

和久が注文するのに、ＯＫ、と俊紀はうなずいた。

「……じゃあ、島本《しまもと》さん、あとはよろしく。午後には帰ってくるから。えーと、昼休みは十二時から一時間。僕が帰らなかったら紅白戦を始めてて。チーム分けはしてあるから」

今年新しく入った女の子のマネージャーに、チーム分けを記したメモを渡しながらそう告げる。

わかりました、と横で少女がしっかりとうなずいた。

島本由香里《ゆかり》という名前の一年のマネージャーは、セミロングの髪をポニーテールにした、どちらかといえば少しおとなしめの女の子だった。積極的に話に混じり、明るく笑い転げる、というよりは、人の話を聞いて静かに微笑んでいるようなタイプの。それでいて、目立たないところでもきちんとやるべきことはやっている。

実は俊紀や和久と同じ中学の出身で、中学時代は女子バスケ部のマネージャーをしていた。その関係で昔から顔と名前は知っていたし、親しい、とまではいかなくても話す機会はあった。

男子の比率の高い竹叡では女子のバスケ部がなく、こちらのマネージャーに移ってきたらしい。

……もっとも、そればかりでもないのだろう――、と俊紀は思っている。

何か確証があったわけではない。し、何かが始まっている、というわけでもない――はずだ。まだ、今は。

だが俊紀は、和久と彼女との間の、どこかぎこちない……おたがいに何か意識したような雰囲気を感じていた。

――あたりまえのことだ。和久に彼女ができる、ってことは。

いずれ、遅かれ早かれ……、と覚悟していたことだったが、胸がギュッとつかまれるように痛かった。

「じゃ、行ってくるよ」

その想いをさりげない笑顔に隠して、俊紀は親友に背を向けた。

「どうかしたんですか？　俊紀先輩」

ふいにそう声をかけられて、俊紀はハッと横を歩く森崎を見た。

「えっ？」

「なーんか元気ないですよ？」

練習試合の打ち合わせを終えて、馴染みのスポーツ店で受けとった新しいユニフォームを森崎に持たせ、残る打ち上げの買い出しにスーパーへ向かうところだった。

大きな紙袋を右手にぶらぶらさせながら、心配そうに顔をのぞきこまれて、俊紀はあわてて笑った。

「別に……なんでもないよ。ちょっと、フォーメーション、考えてただけ」

森崎が目をぱちぱちさせる。一拍おいてから、ハァ…とため息をついた。

「せっかくのデートなのに。たまにはクラブのことは忘れて、もちょっと楽しいこと考えましょうようー」

「なにがデートだ。ただの買い物だろう」

俊紀は嘆息する。

それにしても……本当に森崎は人の顔色を読むのがうまい。

おそらくさっきの言い訳にしても、そのまま受けとっているわけではないのだろう。実際、ずっと和久と……彼女のことが目の前にちらちらしていたのだ。

だが言いたくないのを察しているのか、あえて気がつかないフリで、無理に問いただしてくることはない。

この一つ年下の男は、本当に妙なところでおとなびている。その時にはわからないほど、さりげない気遣いを見せる。あとになって、あっと思うことがよくあった。

「ね、先輩、昼飯食ってきましょう、昼飯っ！　どうせ帰っても食いっぱぐれるし。ねねっ？」

「おまえなぁ」

そう言いながらも、森崎が自分の気を引き立てようとしてくれているのがわかる。

「帰るのが遅くなるだろう。……そうだな、弁当でも買って帰るか」

「えぇーっ！　そんなーっ！」

横でおおげさにムンクの絵のような悲鳴を上げた森崎は、ふいにううっ、と胸を押さえてよろめいて見せる。

「あっ…、ダメです……、俺、もう、カラータイマーが……っ！」

「バカ」

ピコピコピコピコ…、と自分で口で言いながら、そばの電柱にすがってうずくまった森崎に、俊紀は苦笑した。

「しょうがないヤツだな」

いつも……心が重い時、森崎は笑わせてくれる。あの入学式の時のように。

このクソ暑いのに、馴染みのカレー屋によっていきましょーよーっ、とねだる森崎に、しぶしぶという態度を見せながらも、本当は俊紀もホッとしていた。このままクラブに帰るのが、少し、つらかったのだ。

自分のいないところで、和久と彼女は何を話しているのだろう……？　二人で笑いあったり、はしゃいだりしているのか……。あるいは、意識しているだけに、話すこともできずにいるのか。

そんな二人を見てしまうのが苦しかった。

「やっぱ、暑い時はカレーでしょう！」

と、意気ごんで、店に入ったとたん、エアコンの冷気をパタパタと片手であおって満喫《まんきつ》しながら、森崎が宣言するように言う。

「森崎はホント、夏バテ知らずだね」

なかば感心しつつ、俊紀は言った。それに森崎がにかっ、と晴れやかに笑う。

「俺、夏の方が好きなんですよ。暑いのは結構、平気なんです。寒いの苦手で」

「冬の方が楽だと思うけど」

寒いのは着こめばいいだけだし、どうせ身体を動かせばすぐに熱くなるんだし、とそう言った俊紀に、うーん、と森崎が首をひねった。

「寒いとなんか、気持ちまで縮んじゃうような気がして。熱いのは外へ向けてワーッ！って感じで発散するでしょう？」

そんなもんか？　と疑問に思いながらも、それも森崎らしい気がした。

「そういえば、森崎は中学校の時、陸上だったんだって？　どうして続けなかったの？」

カラカラと氷の入ったグラスを持ち上げながら、ふと思いついて尋ねた俊紀に森崎がやだなー、と笑った。

「だって、先輩がクラブ、誘ってくれたんじゃないっすかー」

「まあ、それはそうだけど」

あの入学式の日に。それは俊紀も覚えていた。しかし、普通、本気にすることもないだろう。

へへへ、と森崎が笑う。

「……って、ホントは竹叡に入る前から決めてたんですよ。バスケ部に入ろうって」

俊紀はまじまじと森崎の顔を見た。

「興味あったの？　意外だな」

「ひどい…。俺、真面目に練習してるのにー」

指をくわえるようにして、口をふくらませた森崎に、ゴメンゴメン、と俊紀はあやまる。

「真面目なのはわかってるよ。期待してるし」

本当に、練習熱心なのは確かなのだ。そうでなければ、短期間にこれだけ伸びるはずもない。

森崎はちょっと肩をすくめて、そして小さく笑った。

いつになく、少しばかりおとなびた笑みだった。

「好きな人がバスケ、やってたんです。だから……俺もやってみたくて」

へぇ…、と俊紀は小さくつぶやいた。

意外、といえば意外な感じだ。もっとミーハーな理由かと思っていた。いや、これだってミーハーといえばそうなのかもしれないが。

「バスケ始める理由としては、まずいですか？」

まっすぐな目で聞かれて、俊紀はあわてて首をふった。

「そんなことはないよ。きっかけは何であれ、続けることが大切なんだろうし。それで好きになってくれればうれしいし」

よかった――、とにこっと森崎が笑う。

それにちょっと、ドキドキした。

好きな人……。

自分も、そうだった。

中学へ入った時、バスケになど興味はなかった。だが同じクラスですぐに仲よくなった和久に誘われたのだ。

続けていかれたのは、きっと和久がいたから。

胸がつまるような気がして、ふと顔を上げると、森崎がじっと自分を見ているのに気づく。

森崎の好きな人……って……?

はっと、気がつく。

竹叡に女子のバスケ部はない。――ということは?

しかしふいに心に浮かんだ考えを、俊紀はあわててふり払った。

気の、せいだ。だって、竹叡に来る前から決めていた――、というのなら、自分のことなど森崎が知っていたはずもない。きっと中学時代の同級生か誰かなのだろう……。

それでも、じっと見つめられるその視線の強さに……俊紀は思わず目を伏せていた。

◇

◇

あわただしく秋が過ぎ、森崎が嫌いだという寒い冬にとっぷりと入っていた。

それが起きたのは、年が明け、卒業式も終わって、いよいよ自分たちが最高学年になるのか、という自覚ができ始めた頃だった。

クラブへ顔を出す前の放課後、俊紀は担任で顧問でもある八代先生に呼び出されて、いきなり聞かれたのだ。

「おまえ、瑞杜《みずもり》と練習試合なんか組んだのか？」

「えっ？」

と言ったきり、俊紀は言葉を失った。まさに寝耳に水、だった。

瑞杜学園は去年の秋の大会で優勝した高校だ。バスケだけでなく、全般的にスポーツも強い。それは、お手合わせしてもらえるならこんなにありがたいことはない。

しかし瑞杜は同じ県下とはいえ、かなり離れた山の中にある全寮制の高校で、そう簡単に練習試合を申し込めるようなところではなかったし、実際ほとんど受けないとも聞く。やはり移動するだけで「遠征」になるからだ。

その瑞杜と……？

「む…むこうからそんな申し出があったんですか？」

驚いて尋ねた俊紀に、いや、と顧問が首をふる。

「受けてもいい、という『返事』が来たんだよ。俺も聞いてなかったからちょっとあせってな。瑞杜のサッカー部が別の高校と試合を組んでて、その一緒のバスに乗せてもらえそうだから、日程が合えばお願いしたい、というんだが」

「でも……どうして……？」

混乱していた。瑞杜が意識するほど、特に竹叡が強豪というわけでもないのに…、と思うのは当然だろう。

「なんか、島本から話がいったとか。大野が手配したんじゃなかったのか？」

「島本さんが？」

俊紀は思わず目を見張った。思ってもみないことだった。

どうして――彼女が？

何か……足元がすくわれたような感じだった。

それは、彼女だってマネージャーという、自分と同じ立場ではある。でも。

今まで、クラブのすべてを自分が仕切ってきた。対外的な試合についてもそうだ。クラブの運営で、自分が知らないことなど何一つ、ないはずだった。

その積み重ねてきたものが、一気に崩れ落ちたような気がした。

確かめてみます、と言って職員室を出たのも、ほとんど無意識だった。

自分の領域を土足で侵《おか》されたような不快感が胸に突き上げてくる。

自分の知らないところで、入部してまだ一年にもならない後輩に出し抜かれたような……、自分にはできなかったことをあっさりとやられてしまった悔しさが、どうしようもなく心の中ににじみ出していた。

着替えもせずに体育館へ向かった俊紀は、入った瞬間、何かにぶちあたったように立ちつくした。目の前にいきなり、彼女と……そして和久が、体育館の隅で立ち話をしている姿が飛びこんできた。

やわらかい、ちょっと照れたような笑顔で和久が答えているのに、心臓がギュッとつかまれる。

息が苦しかった。何か……言いようのない悲しみと怒りがこみ上げてくる。

「あっ、せんぱーい、遅かったですねーっ」

どこかから森崎の脳天気な声がする。

だがそれも、ほとんど耳に入ってはいなかった。

「……先輩?」

いつの間にか目の前に来ていた森崎が怪訝《けげん》そうにのぞきこんでくるのを、俊紀はその顔も見ずに、乱暴に押しのけた。

「せ…先輩……っ?」

呆然とつぶやく森崎にかまわず、俊紀は二人がいる方にまっすぐに歩いていった。

しばらくは自分が近づいていくのにも気づかず笑い合っていた二人が、間近まで行ってようやくこちらを向く。

「俊紀？　どうした？」

肩にかけたタオルの両端を握ったまま、和久がちょっと驚いたように見つめてくる。

よほど恐い顔をしていたのだろう。

しかしその問いを無視して、俊紀は和久の前でやはり驚いたように目を見開いている後輩をにらんだ。

「君…、瑞杜と練習試合を組んだの？」

自分のものとは思えない、低い、押し殺した声だった。

えっ…、と言ったきり、俊紀からにじみ出すあまりの剣幕にだろう、彼女は身を強ばらせ、声を失った。自分のしたことが、こんなふうに怒られるとは思ってもみなかったに違いない。

「あ…あの……、私……」

彼女はおどおどと視線を漂《ただよ》わせた。その目がすがるように横に立つ和久を見る。

その様子に、俊紀はさらにいらだった。

「おい、どうしたんだ、俊紀？」

彼女をかばうように尋ねてきた和久に、瞬間、何かが俊紀の中で切れたような気がした。

俊紀は胸の中にたまるどす黒いものを吐き出すように叫んでいた。

「どうしてそんな勝手なことをするんだっ！」

瞬間、しん…、と体育館中が静まり返った。

床をたたいていたボールの音も、人の手を離れたまま次第に小さく消えていく。

誰もが驚き……息を呑んで、隅の三人を遠巻きに眺めていた。おそらくは、何が起こっているのかもわからないままに。

無理もない。俊紀はよく部員を叱りとばしてはいたが、こんなふうに頭ごなしに怒鳴りつけたことは、今まで一度もなかった。しかも、女の子の後輩を、だ。

「すみません…っ、私……」

しばらくして、わっと泣き出しそうな声で彼女が頭を下げた。

「おい、俊紀……、おまえ、どうしたんだ？」

とまどったように、和久が俊紀の肩に手をかける。

俊紀はそれを思いきりふり払った。

「いつから君は、自分で勝手に試合を組めるくらい偉《えら》くなったんだ？」

肩で息をつきながら、追いつめるように俊紀は続けた。

めちゃくちゃに彼女を傷つけてしまいたい……そんな暗い欲求にとりつかれていた。

両手で顔をおおう彼女の小さな肩が震えている。

この肩を……和久は抱いてやったりするのだろうか……？

そんな思いがこみ上げてきて、たまらなく破壊的な気持ちになっていた。

「俊紀、やめろ！」

叫ぶ和久の声が余計にいらだたしく、トゲのように俊紀の胸に刺さる。

「言いすぎだぞっ、おまえ！　練習試合って…、そんなの、島本さんだって悪気があったわけじゃない。いいと思ってやったことなんだろう？」

「ち…違うんです……っ。私、従姉《いとこ》が瑞杜に行ってて……、女子のバスケ部にいるんです。だから、その…、お正月に会った時にちらっと聞いてみただけなんです……。もし…うちと練習試合、できるんならって……っ」

とぎれそうな小さな声で、必死に彼女が弁解する。

「いいじゃないか。ありがたいことだろう？　瑞杜とやれるんなら。おまえ、何を怒ってるんだよ？」

和久がわけがわからない、というように聞いてくる。

冷静に考えれば、和久の言うことが正しいのだ。だが俊紀の中の、自分でも理不尽だとわかっている怒りは収まらなかった。

「前もって了解をとることくらいできるはずだろう!?」

「やめろって！　俺が言ったんだよ、瑞杜といっぺんやってみたい、って。それで島本さんが聞いてくれて……」

俊紀の言葉をさえぎるように、和久が言った。

申し訳なさそうに彼女を見る和久の眼差しに、カッ…と血がのぼる。

そして和久が、……自分には一言もそんなことは言っていなかったのに、彼女には話したのか、と思うと、情けないのと悲しいのとで胸がいっぱいにつまってくる。

「僕だって考えてスケジュールを立ててるんだ！　いきなり言われたって準備もできないじゃないかっ！　調整だって……！」

「俊紀っ！　いいかげんにしろよ！　ヘンだぞ、おまえ！」

ぴしゃり、と頭上から怒鳴りつけられて、俊紀は呆然と息を呑んだ。

……初めて、だった。和久にこんなふうに言われたのは。

和久と、こんなふうに言い争いになったのは。

そしてようやく、俊紀はまわりの部員みんなが自分たちに注目しているのに気づいた。

じっと、驚いたように俊紀を見つめている。

視線が痛かった。誰も彼も、みんなが自分を責めているようだった。

全身が震えてくる。

こんな……では今まで自分がクラブのためにしてきたことは何だったのか……？

そんな思いがじわりと胸に広がってくる。

涙が落ちないように、ぐっと唇を噛むのが精いっぱいだった。

「だったら……、だったら、全部、島本さんにやってもらえばいいだろっ！　必要ないんなら、僕は辞めるよっ！」

気がつけば、俊紀はそんな言葉を吐き出していた。

「おい、俊紀っ!?」

思わず、というように和久が伸ばした腕をふり払い、俊紀は夢中で走り出していた。

……というより、むしろ、逃げ出していた。とてもこの場にはいられなかった。

「先輩っ！」

誰かの声が背中を追いかけたが、かまわずに、ただがむしゃらに走った。

息が続かなくなるまで走って……そしてようやく立ち止まった時、俊紀は一本の桜の木の下に来ていた。

その太い幹にしがみつき、拳で固い樹皮を殴りつけ、声を殺して泣いた。

たまらなかった。

和久にとって、いったい自分は何だったんだろう……？　親友でさえなかったのか？

何も話してもらえないほどの、そんな薄っぺらいつきあいでしかなかったのか……？

……ずっと一緒にバスケを続けてきて。一緒にチームを作っていくのだと思っていた。

なのに。彼女には言えることが、自分には言ってもらえなかったのだ。

瑞杜とやりたいと――、そう思っていたのなら、俊紀がコンタクトをとってもよかった。

ダメモトでも、申し込んでみるくらいのことはしたのに。

それほど……信用されていなかったということなのか――。

痛みにも似た寒さが、全身を襲う。

クソッ、とやり場のない怒りを、冬枯れた桜の木にたたきつけた。

もう何もかも放り出して、クラブなんか辞めてしまおう、と思う。どうせ必要とされてないのなら。

桜を拳でたたきながら、そんな投げやりな思いでいっぱいになる。

――と。

「あ、やっぱりここにいた」

サクッ、と枯れ葉を踏む軽い音。穏《おだ》やかで……ほがらかな声。場違いなほどに。しかしそれが不思議と違和感を覚えさせない。

そして。

ふいにふわり、と背中が温かくなった。

あ…、と思う間もなく、大きな腕がやわらかく抱きついてくる。

俊紀の背中をいっぱいにおおい、肩を包みこんで、葉の一枚もなく寒そうな桜ごと、腕の中に抱きしめる。

――森崎、だった。

「な…何の……用だよ……っ」

優しく拘束《こうそく》される腕の中で、身を強ばらせ、俊紀は突っぱねるようにうめいた。

何を言いに来たのか。なだめに来たのか、いさめに来たのか。

どちらにしても、聞く耳を持つつもりはなかった。

しかし森崎は、俊紀の肩にそっと額をつけるようにして、耳元で静かに言った。

「俊紀先輩は何も悪くないですよ」

同情や、口先だけでなぐさめならいらない——、と、頑《かたく》なに思っていた。

だが、森崎のただ静かなその言葉に、ささくれ立った心がふっと何か、やわらかな布にくるまれたような気がした。何か…、心の中のトゲが溶けていくような、そんな感じだった。

「俊紀先輩の言ったことは間違ってないですよ」

もう一度、優しく、森崎が言葉を継ぐ。

その言葉の温《ぬく》もりが、じわり、と身体の奥に入りこんでくる。

……こんなふうに、自分のしたことを肯定してもらえるとは思ってもいなかった。自分自身でさえ、そんなこと……思えなかったのに。

人前で、泣いたことなどなかった。

試合に負けた時でも、クラブの運営で悩んだり、部員ともめたりした時でも、誰かがいる時には歯を食いしばってこらえていた。

あとで、一人でこっそりと泣いたことはよくあったけれど。

なのに。

「う…っ……」

瞬間、涙腺《るいせん》が壊れたようにぶわっと涙が溢《あふ》れてきた。止まらなかった。

ごつごつした桜の幹に額をつけ、肩を震わせて、俊紀は泣いていた。

その身体を隠すように……守るように、森崎が背中から抱きしめたまま、ゆっくりと腕を前にまわしてきた。

右手がそっと、桜の木と額の間に入りこんでくる。額を木の幹でこすってしまわないように。痛くないように。左手は優しく、俊紀の拳を包みこむ。

「……ダメですよ、たたいちゃ。桜も痛いし、先輩も痛い」

いつの間にか、森崎の手が自分のよりも大きくなっていたことに気づく。すっぽりと入ってしまうくらいに。

そしていつの間にか……森崎が自分の身長を追い越していたことに、俊紀はようやく気づいた。

最初に会った一年前のあの入学式の日は、確かに自分よりも小さかったはずなのに。

クラブでも、すでに中学から始めていたメンバーと遜色《そんしょく》ないくらい……いや、それ以上に大きく成長していた。その、目を見張るくらいの成長を、他の誰よりも楽しみに見ていたのだ。

本当にいつの間にか——自分の肩が入ってしまうくらい大きくなっていた……。

森崎はそのまま、何も言わなかった。俊紀も抵抗はせず、されるままだった。

身体の奥から流れ出る熱い涙が、心の中に張りついていた黒いシミを少しずつ洗い流していくようだった。

どのくらいそうしていたのか……気持ちが、ゆっくりと落ち着いてくる。

ようやく、俊紀は大きく息をついた。

身じろぎした俊紀に、森崎がそっと身体を離す。

ふっと、冷たい風がうなじをすり抜けていく。

……それまでずっと、森崎の身体に守られていたのだと、改めて気づいた。

正面からではなく、うしろから。きっと、顔を見ないように。——見られたくないと俊紀が思っているのを、察しているのだろう。

それほど相手の気持ちを考えられる男だった。

顔は伏せたまま、ぐすっ、と鼻をすすり上げて、俊紀は照れ隠しのように笑ってみせた。

「ハハ…、ほんとに泣き顔、見られちゃったな…」

入学式の時に言われた言葉を、俊紀は覚えていた。

森崎がそんな俊紀からちょっと視線をそらして、桜の木の反対側へもたれるようにして背中をつけた。

「俺ね…、ホントは二度目なんですよ」

静かな声。

えっ、と俊紀は思わず顔を上げた。

驚いた。そんなはずはない——のに。

森崎の横顔がまっすぐに前を見つめている。今ではまったく使われていないのだろう、学校をぐるりと囲むレンガの塀の、裏門、なのだろうか。錆《さ》びた鉄柵のあたり。

校内に桜はたくさんあった。玄関のアーチの付近にも、体育館の前にも、校舎のまわりにも。

だがなぜか外れて一本だけ、学校の敷地の端っこにあるこの桜の木が、遠く部室の窓から見えるのだ。

誰に見せるわけでもなく、誰に褒められることもなく、ひっそりと毎年、この場所で咲いている桜を、俊紀は去年、入学した時に見つけ、そして今年も一人で眺めた。

うだるように暑い夏も、凍えるほどの寒い季節の中でも、ただまっすぐに立って、じっと春を待っているこの木の下が、いつの間にか俊紀の泣き場所になっていた。

自分一人だけの。

ハッ、とようやく俊紀は気づく。

やっぱりここにいた——と、確かに森崎はそう言った……。

「な…なんで……?」

「去年の夏休み前に、俺、一回、竹叡に来たんですよ。下見、っていうのかなぁ。ほら、ちょうど竹叡祭の時に」

森崎が穏やかに口を開く。

「俺はその時、別の高校を志望してたから、ダチにつきあって来ただけだったんですけどね。……でもおかげで俺の運命も変わっちゃったなあ」

おおげさな森崎の言葉に、しかし俊紀は目を見開いたまま言葉もない。

去年は——そう。

竹叡祭のイベントの一つとして、毎年、一つの運動部が別の有力校を招待し、招待試合が行われる。それが去年はバスケ部にあたっていた。

俊紀がマネージャーとして組んだ、初めての試合でもあった。もちろん、あまり実力に差がある高校を招待するわけにもいかないので、勝敗は五分五分だった。

そして結局、僅差《きんさ》でそのゲームを落としたのだ。

自分のホームグラウンドで、招待しておいて負ける、というのはやはりこたえる。

体育館では試合後の選手たちの健闘をたたえ、相手校の接待に奔走《ほんそう》し、やっと余裕ができた頃、ここに来て悔しさをぶつけていた。

「試合もずっと見てたんです。先輩の声がものすごく体育館に響いてて。的確な指示を出して。みんなを励《はげ》まして。なんか、試合よりずっと先輩の顔、見てました。勝負が決まった瞬間の表情、今でも覚えてますよ。一瞬だけど、……すごく悔しそうな顔で。先輩、すぐに笑って拍手してたけど、なんか自分が負けたみたいに悔しかったな……」

森崎がちらっと笑う。

俊紀はカッ…と頬が熱くなるのを感じた。

そんな……、自分でも意識していないような表情を見られていたなんて。

「あのあと校内の模擬《もぎ》店とかぶらついてたら俺、迷っちゃって。ちょうどこの場所に出たんです。そしたら……先輩がいた」

泣いていた、とは言わなかった。それが森崎らしい気遣いなのだろう。

「一目惚れ、っていうのかなぁ……。が−ん、って感じで」

森崎が笑う。

「あ、違うか、ずきゅーん、って言うんですか？　こう、胸が撃ち抜かれた感じで。すごいドキドキして……どうしたらいいのかわかんなくなって。でも家へ帰ったらかーさんとっつかまえて、志望校変える！　って言ってたんですよ、俺」

……わざわざ……僕のために、竹叡に？

俊紀は森崎がトップ入学したことを思い出した。

いきなり志望校を変えてトップで入学してきたということは、つまり……ランクを下げた、ということか？　もっとレベルの高いところへも行けたのに？

「森崎……、君……」

では、好きな人がバスケをしていたから、というのは……。

何か、ようやく実感として胸に迫《せま》ってきて、俊紀は混乱したのと、気恥ずかしいので、とたんにうろたえてしまった。

こんなふうに、面と向かって告白されたのは初めてだった。あたふたと視線が漂う。

「あ。すみません……、先輩を困らせるつもりじゃないんです。……えーっと、俺が勝手に好きになっただけだし。その、先輩に好きな人がいるの、わかってますし」

しかしその言葉が耳に入った瞬間、俊紀は凍《こお》りついた。何か冷たいものがスーッと背筋を撫《な》でていくようだった。

ゆっくりと森崎がこちらに向き直った。ちょっと淋しそうな微笑みが目に焼きついた。

「俺、ずっとそーゆー目で先輩のこと見てたから。だからわかったんだと思います。きっと他のヤツにはわかってないですよ」

安心させるような言葉。

「森崎……」

かすれた声がもれた。

「俺じゃダメですか？」

まっすぐな目で問われて、心臓が止まったような気がした。

「俺だったら、俊紀先輩のこと、泣かしたりしません」

呆然と森崎を見つめたままの俊紀に、森崎がハー、とため息をついた。ボリボリ、と頭をかく。

「……って、まだ早いですよね」

へへへ、と笑った。

では森崎はずっと……、他の男を見ている僕を見てきたのか……？　一年近くも、ずっと？

「その…、ヘンに意識しないでくださいね？　……なんつっても無理かもしれないけど。俺のこと、避けたりとかしないでくださいねっ？　そんなことになったら俺、打ちひしがれて登校拒否になっちゃいますよ～」

急にあわてたように、森崎が言った。

「バカ……」

その言い方に、思わず俊紀は笑っていた。

心がほんのりと軽くなる。ぽろりと、憑《つ》きものが落ちたようだった。

森崎の言葉に驚いているうちに、いつの間にか、体中にもやもやとつまっていたものが消えてしまっていた。

――あるいはそのために、わざと森崎は告白――、なんてしてくれたのかもしれない。

こんな時に。

ようやくそれに気づく。

俊紀は小さく息をついて、ことん、と桜に背をつけた。

「……やつあたり、だよね……」

自然にそうつぶやいていた。

島本さんが悪いわけじゃない。ただの腹いせだ。

落ち着いてみると本当にそう思える。

悔しかっただけだ。彼女に、どんな理由をつけてでもあたりたかっただけ――。

辞める、だなんて。嫌がらせでしかなかった。そんな気もないくせに。そんなこと、できるはずもないのに。

和久のことがなくても、自分はバスケを……マネージャーを続けていただろう。誰のためでもなく、バスケが好きだったから。

おごりがあったのだ。自分が辞める、と言えばきっとみんながあわてて引きとめてくれるはずだ、という。クラブを仕切っていけるのは自分でなければならない、という。

でも実際は、自分がいなくたってクラブは動く。いや、本来、そうでなければならないはずだ。むしろ自分一人が抜けて、どうにもならないような状態であるべきではないのだから。

「本当は感謝しなくちゃいけないくらいなのにな……」

結局、去年は一度もあたることができなかった瑞杜との手合わせだ。

自分ができないことを彼女がやった、ということが悔しかった。しかし自分にできることとできないことの見極めをつけることも大切なのだろう。人にはそれぞれに役割があるのだ。

「帰りましょう……？」

森崎がするり、と手を伸ばしてきた。

やわらかな熱が伝わってくる。

絡《から》めるように指をとられ、それをふり払うことなく、しかし俊紀はためらった。

「でも……」

さすがに、恥ずかしかった。あんな大騒ぎをして逃げ出してきたのだ。

「時間をおくと、よけい帰りづらくなりますよ。みんな、待ってるし。……俺、一緒に行きますから」

大きく息を吸いこんで、俊紀はうなずいた。

森崎の言う通りだった。ずるずるとタイミングをはかっていたら、きっとよけいに難しくなる。今、思いきってあやまっておかなければ。

わかってはいるものの、それでもうつむいたまま、森崎に手を引かれるようにして、俊紀はとぼとぼと体育館にもどった。

なんだか、自分の方が年下になってしまったような気がした。

体育館にもどると、ざわり、と空気が動き、いっせいにみんなが自分を見つめるのがわかった。

思わず萎縮《いしゅく》してしまう身体を、森崎が大丈夫、というようにぎゅっと手を握り、引っぱってくれる。

「俊紀……！」

と、なにかホッとしたような和久の声に迎えられ、俊紀はようやく顔を上げた。

やはり島本の姿がそばにあったが、さっきのようにいらだつことはなかった。

俊紀は彼女に向き直って、ようやく口を開いた。

「ごめん…、虫の居所が悪くて……やつあたりしたみたいだ」

それに、彼女があわてて首をふる。

私が悪いんです、とぺこりと頭を下げた。

「私が始めから…、従姉に話す前に、一言、先輩にちゃんと聞いておけばよかったんです。

すみませんでした」

彼女も赤い目で、本当に申し訳なさそうに言ってくれた。

マネージャー二人が和解した様子に、ようやくクラブ全体が安心したようにいつもの和やかな練習風景にもどっていく。

「卒業する前に……全部、島本さんに教えておかなきゃいけないな……」

ほっと肩から力を抜いて、ぽつりとそうもらした俊紀に森崎が言った。

「誰も……俊紀先輩の代わりにはなれませんよ」

まっすぐに前を見つめたまま言った森崎のハッとするほど静かな声に、俊紀は胸がじわりと熱くなるのを感じていた——。

◇　　◇

このことが、二人の背中を押し出すきっかけになったのだろうか。

しばらくして和久が彼女とつきあい始めたのを知った。二人にとっては自然な成り行きだったのだろう。

自分がキューピットもどきになってしまったことが、なんだか皮肉だった。やっぱりバチがあたったのかなぁ…、とちょっとおかしくなる。

和久は照れながら俊紀にはそのことを伝えてくれたが、まだクラブにはお披露目していなかった。いつまでも隠せることではなく、いずれ知れるのだろうが、やはり社内恋愛と同じく、クラブ内恋愛というのもいろいろと微妙なのだ。

冷やかされるこそばゆさもあるだろうし、彼女の方も和久一人だけをひいきして面倒を見てるというように思われるのは嫌だろう。

俊紀は和久のその言葉を、意外と冷静に受け止めることができた。

よかったな、と笑って言えるくらいに。

一番に自分に話してくれたのは、やはりうれしい……とも思う。少なくとも、親友でいられることには。

反対する理由などどこにもなかった。彼女はものすごい美人というわけではないが、なにより性格がいい。優しくて、よく気がついて。

穏やかに気持ちを育てていくカップルになるのだろう、と思う。

二人一緒のところを見ると、やはり、胸は痛んだけど。

そうするうちに季節はくるくるとめぐっていく。

自分たちがクラブの主体となった二年の秋からは、何かおそろしい勢いで時間が過ぎていたのだが、三年に上がると、さらに進路の問題と絡み合ってまわりが一層あわただしくなっていた。

クラブにより多くの比重をかけていた時間と精神力を、進路の方にもふり分けていかなければならない。竹叡の運動部でスポーツ推薦《すいせん》を受ける者はほとんどいないのだ。

和久が東京の法科で有名な大学を目指しているのはわかっていた。そこへ毎年多くの合格者を出していたからこそ、和久は竹叡を選んだのだ。

そして俊紀は、このまま竹叡の大学部へ推薦で行けるように準備をしていた。学校推薦の無試験枠へ入れるほどではないだろうが、それに準じる面接と小論文試験だけの選考だ。それなら、三年のほとんど最後までクラブを続けていくことができる。そう思ったからだった。

和久と、これ以上、同じ道を進むことはできないのだとわかっていた。和久はおそらく、夏前にクラブは引退するだろうが、俊紀は卒業するまで関わっていたかったのだ。

和久につられて始めたバスケだったが、いつの間にか和久よりも自分の方がとりつかれていたらしい。

そして五月に行われた県総体の準決勝――。

それが六年間、和久と一緒にやってきた最後の試合になった。

相手は瑞杜だった。おたがいに、新チームで一度、様子を見ている。最後まで競《きそ》っていた。いい試合だった。

その一瞬、一瞬を刻みつけるように、俊紀は選手たちを……和久を、見つめていた。

ドリブルのキレ。流れるようなフォーム。ハッとするようなフェイント。

……ずっと憧れてきたものだった。

和久の動きを見ているだけで、まるで自分が一緒にコートを走っているような気がした。

ありがとう――、と。

試合のあと、和久が俊紀の肩をたたいて言った。泣きそうに目を潤ませながら、それでも笑っていた。

俊紀もうなずくだけで精いっぱいだった。ずっと続けてきてよかった、と心の底から思った。

そして、和久はクラブを去った。一年間、キャプテンとしての務めをしっかりと果たして。

俊紀に残された役目は、次のチームをしっかりと作ることだった。

新チームのレギュラーには、森崎も入っていた。スタメン入りも間違いないだろう。

ほとんどゼロからスタートして、ここまでよくやったな、と感心する。その成長は、本当に目を見張るばかりだった。

スリーポイントシュートなどは、そのフォームの正確さ、美しさに思わず見惚れてしま

うこともある。なにより森崎がいいのは、自分のベストのフォームを自分で知っていると
いうことだろう。そしてそのほんのわずかな狂いにも敏感で、その時々に自分で調整でき
るのだ。
本来の運動神経のよさも、もちろんあるだろう。だがそれ以上に努力をしているのが俊
紀にはわかっていた。おそらくは、人の見ていないところでも。
――好きな人がバスケ、やってたんです。
ずっと前に言われたその言葉が、何か、ざわめくように胸の中に広がってくる。
クラブに入ってきた時からずっと気にかけていた。いや――それ以前の、あの入学式の
時から。
だが、森崎は俊紀にとって可愛い後輩だった。決してそれ以上ではなかった。……はず
だった。
――あの時までは。
あのあとも、森崎は何も変わらない様子で俊紀に接してきた。
いつものように明るくまわりを笑わせて、同じようにまとわりついて。前と変わらず、
部室の掃除や備品のチェックなんかも手伝ってくれた。
それでも、俊紀の方がなんとなく、クラブ後に二人きりで居残ったりすることは避けて
しまっていたが。

あれから、森崎を見る自分の目が変わったのは確かだった。

避けないでくれ、とクギを刺されていた。意識しないでくれ、とも。

だが、それは無理というものだろう。

そんな微妙な自分の様子を、森崎が察していないはずはない。

だが、森崎は何も言わなかった。まるで、あの時のことは忘れてしまったように。

特に告白めいたことも、思わせぶりな態度もなく。

今までと同じ笑顔。同じ……さりげなく、温かい言葉。

それがなんだかものすごく気にかかる。

クラブの間、ふと気がつくと、自然と森崎に視線が止まっている。

コートで汗を流す真剣な横顔。その笑い声が、どんなに遠くても耳に届く。

今まで気がつかなかった、仕草や癖が目にとまる。

何か都合が悪いことがあると人差し指で耳の後ろをかくクセとか、おもしろいいたずらや冗談を思いついた時にぺろりと舌で唇をなめる仕草とか。

常に人の輪の中心にいるようで、しかしまわりが自然と盛り上がって会話がまわり出すと、自分はすっと一歩後ろに引いて、じっとまわりの様子を見ている。そして話の要所要所ですかさずツッコミを入れたりする。

頭の回転が速いんだな…、と俊紀は改めて感心した。

時々、予期せずに目が合って、俊紀はあわててそらしてしまうのだが、森崎はそれににこっと笑って返す。

大丈夫ですよ——。

と、安心させるようなやわらかな笑み。

しかしそれに、俊紀の方がなぜだかドキドキしてしまうのだ……。

そして、新しいキャプテンが決まり、まずまずの状態でチームも仕上がって秋の大会も終わった頃——。

それは思いもしなかった形で、いきなり目の前にやってきた。

生徒会役員改選選挙。

確かに年に一度の、ある意味でイベント的な行事だった。

しかし俊紀にとってはあまり身近なものでもなく、実際、友人が出ているのでもなければさほど興味はなかった。特にこの三年時の選挙などは、自分たちにはほとんど関係のないものだと思っていたのだ。

それが今年。

「森崎が……!?」

会長選に出る、と聞いた時は思わず耳を疑った。まさか、と思った。

森崎が生徒会長になる、ということよりも、もし生徒会入りするのであれば、実質的にクラブは辞めなければならないのだ。

森崎がクラブを辞めるなんて、考えたこともなかった。

「どういうつもりなんだっ！」

自分でも何がそんなに腹が立つのかわからないまま、俊紀は昼休み、屋上に森崎を呼び出して問いつめていた。

「えっと……」

とまどったように、森崎が頭をかく。

「その、つい成り行きで」

その軽すぎる言葉に俊紀はさらにカッとなった。

「おまえ、クラブ辞めたいのかっ」

「そんなことないですよ！」

バタバタと両手をふって、森崎が答える。そして困ったように笑った。

「ほら、まだ当選すると決まったわけじゃないですし」

「当選するかもしれないだろうっ!?」

可能性は半々なのだ。

「いや、そりゃまあ、当選するために全力は尽くしますけどね……」

きつくにらみつける俊紀に、森崎が決まり悪そうに視線をそらしてため息をつく。

「バスケ、嫌になったのか？　せっかく今まで……、あんなに一生懸命練習してきたんじゃないか！」

本当にこれから、森崎たちが中心でやろうという時になって投げ出すようなことが、俊紀には信じられなかったし、たまらなく悔しかった。

「えっと、ほら、俺が生徒会長とかになれば、バスケ部にもいろいろ有利でしょ？　いっぱいひいきしますよ。クラブを退いても陰から支える黒幕ってイイと思いません？　ほらほら、大物の後ろ盾ができるっつーか」

「バカ、ごまかすな」

あっと思いついたように明るく言った森崎に、俊紀は惑わされなかった。

まっすぐにらみつける俊紀に、森崎がハァ、と息をつく。まいったな…、と小さくつぶやいて、指先が何か迷うようにフェンスを引っぱった。

そろそろ冬を感じさせる肌寒い風が、眼下に並ぶ桜の並木の間をすり抜けている。

いつになく歯切れの悪い森崎に、俊紀はふいに胸騒ぎ、というか動揺のようなものを覚えた。

聞いては……いけなかったんだろうか?

そんな気がする。聞かない方がいいのか……?

しかし同時に、聞かずにはいられない、そんな気持ちもあった。

ようやく森崎が静かに口を開いた。

「……練習は、しんどくなかったですよ。だって、俺、すげー不純な動機でやってましたもん。先輩に褒めてもらいたかったし。先輩の前でかっこいいトコ、見せたかったし」

ポツッ…、と、つぶやくように森崎が言う。

「俺…、毎日クラブに出て、俊紀先輩のこと近くで見てられるだけで、すごい幸せだったんです。声を聞いたり、ちょっとしたことを話せたり」

あらためて言われて、俊紀は胸の動悸《どうき》が早くなったのがわかる。

森崎の気持ちは知っていた。しかし――。

あの告白から半年以上にもなる。

もちろん忘れていたわけではないが、それでも森崎が言う通り、なるべく意識しないようにしてきた。俊紀としても、そうするしかなかったのだ。

いつまでも、ふり向いてくれるはずのない男の背中を見つめている自分を、森崎はどんなふうに見ていたのだろう……?

森崎だって、そんな自分をいつまでも――、と言い訳のように思ってきた。

それでも、いつでも森崎の優しい視線を感じていたのだ。

何か落ちこんだ時やたまらなく淋しくなった時、森崎はいつも……本当にさりげない様子で俊紀を微笑ませてくれた。

同じなのか…、とふっと、気づく。

自分が思いきれずについ和久の背中を眺めてしまうように、森崎も……自分を見ているのだろうか……？

ギシッ、と森崎の指がつかむフェンスがきしんだ音を立てる。

「でも、先輩が……、すごいつらそうに合田先輩のこと見てるの——、その先輩を見てるのが俺にはちょっとキツイ感じで」

「森崎……」

どきっとして思わずつぶやいた俊紀に、あっ、別に先輩が悪いんじゃないですよっ、とあわてて森崎がつけ足す。

「先輩のせいじゃないんですから。俺の勝手な気持ちだし。先輩が……そう、なのはあたりまえのことだし」

フェンスをぐいっと引っぱって、森崎がホーッと長い息をつく。

「今でも時々、合田先輩、練習見に来てくれるでしょう？　それにすごくうれしそうな顔するのも……、それから由香里マネと話す合田先輩のこと、淋しそうに見てるのも。すごいチクチクする感じで、俺の方が心臓が壊れそうな気がするんです」

ちらっ、と苦しげな、それをこらえるような笑みが森崎の横顔をかすめる。

「なんで……俺じゃダメなんだろう、とか。俺だったらいつでも笑わせてあげられるのに、とか……いろいろ考えちゃって。バカみたいですよね」

その言葉に、俊紀は何も言うことができず顔を伏せた。

「俺の気持ちを押しつけるつもりはないんです。でもこのままだとなんだか……」

森崎は言葉を探すようにいったん口をつぐみ、結局うまく見つけられないようだった。そしてポリポリと頭をかく。

「えーと。人を好きになるのって、本能的なもんでしょう？　計算してできることじゃないし。だから先輩が俺のこと特別に思ってなくても、そんなことで先輩が悩むことなんてないですよ。ほら、俺だってそのうち先輩のこと、いい先輩だーってだけに思えるかもしれないし、俊紀先輩だって……その、合田先輩のこと、やっぱりいい友達なんだな、ってだけに思えるようになるかもしれないし」

時間さえすぎれば。

全部、思い出に変わっていくのだろうか……。

「おまえ……そのために……？」

自分から距離をとるために？

そう、多分…、いいこと、なのかもしれない。森崎にとっても、自分にとっても。

しかし森崎の姿が、この声がクラブから消えるなんて、とても考えられなかった。

「そんな顔しないでくださいよー。ほらっ、だからまだ俺が会長になるって決まったわけじゃないんですから。まだまだずっと、俊紀先輩が卒業するまでクラブにいすわってるかもしれないでしょう?」

あわてててそんな言い訳をする森崎に、俊紀は何も引きとめる言葉のない自分に気づく。

やめろ、と自分が一言いえば、森崎は出馬をとりやめるのだろうか? しかしそれがよけい森崎の気持ちを傷つけることになるんじゃないのか……。

わがままだ、と思う。本当に自分勝手だ。

それでも俊紀は、祈るような思いで選挙の日を迎えていた——。

結果。

森崎は落選した。その瞬間、ホッとしてしまった自分に、俊紀は嫌悪を覚えた。嫌な人間だな、と思ってしまう。

だがそんな醜《みにく》い気持ちに罰を与えられたのか、その後、事態は予想もできなかった方向へ進んでいた。

森崎が副会長に指名されたのだ。

もちろん、会長と同様、生徒会入りとなればクラブは退部することになる。

竹叡はかなりの部分、行事なども学生の自治に任されていて、生徒会役員は他のクラブと兼任できるほど、たやすい仕事ではないのだ。

その発表を、俊紀は校内新聞の張り出しで知った。そしてその日のうちに森崎は顧問に退部届けを提出し、簡単な挨拶をして、クラブを去っていった。

俊紀はそれを、呆然と見送るしかなかった。

淋しくなるなあ…、と誰かのつぶやく声が耳に残った。森崎の姿がコートから消えると、本当にぽっかりと穴が空いたようだった。

クラブに、というだけでなく、自分の心の中に。

この日以来、ほとんど無意識に、俊紀は何かの学校行事を心待ちにするようになっていた。

クラブを辞めてしまえば、学年の違う森崎の顔を見て、話ができる時間なんてまったくなかった。

そう、クラブ以外には何の接点もない――。

そのことに、俊紀は初めて気がついた。

いつも放課後、クラブに顔を出しさえすれば、森崎がいた。それがあたりまえだった。

だが本当は、あたりまえなんかじゃない……。

選挙のあと、一度、でもどりでぇーすっ、と笑いながら帰ってきた森崎にどれほど安心したか。

部員たちに小突かれながら、いてて、と悲鳴を上げる森崎の笑顔に、俊紀は何か胸が熱くなる気がした。彼の存在の大きさを、ようやく実感していた。

それがいきなり奪い去られてしまうと、何かとてつもなく大きな喪失感があった。

わざわざ後輩を教室まで訪ねていく理由などない。特別な話があるわけでもない。

それでも……何でもない、たわいもない会話をするだけで、今までどれだけ自分が救われていたか、ようやくわかった。

森崎のいないコートは、おそろしく広く感じられた。

……そう。和久が引退した時よりも、ずっと。

◇　◇

十二月二十五日。

クリスマスの日は、冬休みに入った初日だった。例年二十四日が二学期の終業式なのだ。

この日は、クラブの連中で集まって騒ぐことになっていた。

……もちろん、彼女のいないヤローどもが、と注釈がつく。淋しい者同士、肩をよせ合って盛り上がろうぜっ、と去年、森崎が提案したのが恒例《こうれい》化してきていた。じゃあ今年も、名誉部員として森崎も誘って、ということで話がまとまったらしい。

さすがに受験直前で、ほとんどが一年、二年の集まりに、三年の自分が入って場を堅苦しくするのもどうかとは思ったのだが、森崎が来る、というのを聞いて、俊紀は参加することにしたのだ。少し前に大学の推薦がとれて、余裕もあった。

約束の時間の少し前に待ち合わせ場所に行くと、すでに数人の男どもがたむろしている。あたりには本日一日限りのジングルベルが商店街のスピーカーからヤケクソのように響いていて、その中でのガタイのいいむさ苦しい男どもの集団はなんともわびしい感じで、思わず笑ってしまった。

ちーっす、と口々に挨拶されるのに笑顔で応えながら、俊紀はなんだかそわそわしている自分に気づく。

森崎とまともに会うのは本当にひさしぶりだった。実際、クラブで最後に言葉を交わして以来だ。

いつもならほとんど一番乗りに来ているはずの森崎は、しかしまだ姿がなかった。次々と姿を見せる部員たちの中で、待ち合わせの時間を過ぎても森崎はやってこなかった。

それに俊紀はだんだんと不安が募ってくる。

来ない……んだろうか？　まさか、自分が参加するとわかったから？

そんな嫌な想像まで湧いてくる。

と、十分ほども遅れてバタバタとやってきた二年の部員が、わりぃわりぃ、とあやまったあとで報告した。

「森崎、なんか風邪ぶっこいて寝こんでんだってよー」

え…っ、と思わず上げてしまった俊紀の声は、幸い、一同のえーっ！　というブーイングのような声にかき消されていた。

「なんだ、休みに入ったとたんか？　マヌケだなー」

「昨日は元気そうだったじゃん？」

その誰かの言葉に、俊紀も昨日、終業式の日の森崎の姿を思い出した。

新執行部の正式なスタートは今の生徒会役員が卒業する三月一日付けになるが、やはり三年は受験もあるし、研修期間的な意味もあって、選挙後からは新しいメンバーが中心で仕事が進むらしい。三年の大御所たちはスーパーバイザーというわけだ。

二学期の終業式の準備も、実質的には新しい執行部に任されているようだった。式の間、ちょろちょろとステージ裏と体育館をつなぐ戸口を出入りする姿や、式のあと、マイクを片づけている森崎をちらっと見かけることができた。

確かに変わりなさそうだったのに。

「なんか、夜中になって急に熱が出たみたいでなー」

「イブの夜にかよー？　あいつ、ナニやってたんだ？」

その妙に意味深な仲間の言葉に、一同がぶぶっと笑い出した。

「んだよー、森崎もクラブ辞めて女作るヒマができたのかぁ？」

「副会長サマならよりどりみどりなのかねぇ」

「いやあ、あいつのことだから、一人淋しくテレビの前でうたた寝してたんじゃねーのか？　ＡＶ、つけっぱなしでよーっ」

トドメのようなその言葉に、場がどっと爆笑する。

まったく森崎は、その場にいなくても話題を提供してくれる男なのだ。

しょーがねぇなー、とぶつぶつ言いながらも、メンツがそろった部員たちはぞろぞろと歩き始めた。

「俊紀せんぱーい、行きますよーっ」

「あっ…、うん」

ぼけっとしていたらしく、声をかけられてあわてて俊紀は彼らを追った。

カラオケ、カラオケ、と騒ぐ者と、まずメシだろーっ、と主張する者とで、わいわいとにぎやかな中、俊紀はぼんやりと機械的に歩いていた。

……熱を出して寝こんだ？　ゆうべ？

頭の中で、カチッと何かが合う。ハッと、俊紀は足を止めた。

「先輩?」

怪訝にふり返った後輩に、俊紀はあわてて言った。

「悪い…、ちょっと用を思い出した」

えーっ! といっせいに上がる抗議の声に、俊紀はごめんっ、と手を合わせてあやまる。

「ちょっと抜けさせてもらうよ。——あっ、明日の練習は予定通りだからね! あんまり飲みすぎるなよ!」

学生の身とはいえ、こんな日に一滴も飲まない、などと俊紀も思ってはいない。

ぎぇー! とさらに大きくなった今度は悲鳴を背に、俊紀はバタバタと走り出した。

まさか、と思う。

家に帰って、部屋に飛びこむと、棚の上におきっぱなしにしていた紙袋を開ける。中にはオレンジと茶色の中間のような、明るく、それでいて落ち着いた色合いのカシミアのマフラーが入っていた。

やわらかくて、肌触りがとてもいい。

これが、おそらく昨日の夜から、クリスマスらしい赤と緑のデザインの大きな靴下に入って、家の庭先の枝につり下がっていたのだ。

今朝になってそれを見つけた母親が、「うちには煙突がないから、サンタさんがこんなところにおいていったのね」と笑っていた。

宛名がなく、差出人の名もなかったのだが、家には他に子供もいなかったので俊紀にだろう――、ということで手元にまわってきた。

瞬間的に、一人の男の顔が浮かんだ。

だが面と向かってそれを問い合わせるのもなんだか気恥ずかしいし、もし違っていたらなんとも気まずいし、それにクリスマスプレゼントをもらえるのがあたりまえみたいに思っている、と森崎に思われるのも嫌で、確かめることができずにいたのだ。

バスケしか興味がないみたいな俊紀でもひそかに思ってくれる子がいるのねぇ…、と母親に笑われて、ちょっと赤面しながらも、でもやっぱり他には心あたりがなくて。

だからもしかしたら、と思いながらも、誰からかわからないプレゼントをどうにもできなくて、そのまま棚におきっぱなしだった。

温かそうな、森崎らしい色だな、と思う。

俊紀はそれをつかんで、再びバタバタと家を飛び出した。

森崎の家は行ったことがなかったが、住所でだいたいのあたりをつけて、あとは自転車を押しながらうろついた。

自転車で三十分ばかり。そう近い距離ではない。

十二月の風は自転車には沁みるくらい寒かったが、それでも首に巻いたマフラーから温もりが広がってくるようだった。

番地だけを頼りにようやく「森崎」という表札を見つけると、ホッとしたのと同時に、急に不安が押しよせてくる。

途中で、あっと気がついて、見舞い見舞い、と思いながら洋菓子屋に立ちよると、時期が時期だけにクリスマスケーキ一色だ。甘いもの好きかなぁ…、と悩みつつも、シンプルなデコレーションの小さなホールを一つ、選んだ。

しかし風邪の見舞いなら、やっぱり果物とか花とかが普通なんだろうか、と玄関先にまで来てつまらないことが気になってしまう。考えてみれば、今まで誰かの病気見舞いにわざわざ家を訪ねたことなどなかったのだ。

……不自然、だろうか？　こんな日にケーキを持って見舞いなんて。

突然、ドキドキと心臓が音を立て始める。

どうしよう……。

三十分もかけて寒い中、自転車を飛ばして来たというのに、なんだかこのまま、まわれ右をしてしまいたくなる。

そう。それこそサンタさんのように玄関先にケーキだけおいて。

しかしそれがマフラーならともかく食べ物となると、やはり差出人も何もなければ口にするのは誰だって恐いだろう。

しかし俊紀の迷いは長くは続かなかった。いきなりバーン、と玄関のドアが開いて、すらりとプロポーションのいい若い女性が飛び出してきたのだ。

こんな寒い日にミニのスカートで黒のブーツ、フェイクファーのコートに小さめのショルダーバックを引っかけている。化粧にもなかなか気合いが入っているようで、やはりこれも季節柄なのか。派手というわけではなかったが、やはり華やかな印象だった。

ドアに顔をぶつけそうになった俊紀に気づいて、ごめん、ごめん、と気さくにあやまってから、あれ？　という顔を見せた。

誰だろう…、と俊紀が怪訝に思うのと同時に、彼女の方が「あ、祥文の友達？」と聞いてきた。

はい、とおずおず答えた俊紀に、彼女は笑った。

「わざわざお見舞いに？　あの子、ホントにバカよねー。クリスマスに風邪ひいて寝込むなんてね。まあどうせ彼女もいないいんだから、いいようなもんだけど」

からからと笑う女性に、そう言えば姉がいる、と森崎が言っていたのを思い出した。大学生くらいだろうか。

「なんかゆうべのイブは夜更けにどっか出かけてたっていうから、あれでもうまくやってんのかと思ったらねー」

その言葉に、心の中がざわっと揺れる。

「今、母が買い物に出てて誰もいなくて悪いけど、勝手に入ってくれる？　あ、祥文の部屋は二階に上がって奥の方だから」

それだけ言うと、今からデートらしい彼女は家の玄関も開けっ放しでバタバタと去っていった。

しばらく呆然とその後ろ姿を見送った俊紀だったが、こうなったらしかたがない。

おじゃまします…、と一応小さく断ってから、中へ入った。

もちろんそれに返事はなく、俊紀はなんとなく足音を忍ばせるようにして、玄関を上がってすぐに目についた二階への階段を登っていった。

言われた通り奥の方のドアの前に立ち、ちょっとためらう。

……ひょっとして眠っているだろうか？

だとしたら起こすのも気の毒な気がする。

中からは物音一つしない。

どうしよう、と思ったが、やっぱり顔を見て帰りたくて……、それに寝てるんなら、寝顔だけ見て……それがちょうどいいのかもしれない、と思う。

ほんの軽く、ノックをしてみるが返事はない。

俊紀はそっとドアを開いた。

キッ…、と小さく軋む音に、ひやっとする。

それでも息を吸いこんで、足を踏み入れた。

結構広くて、八畳くらいの部屋だろうか。真正面の窓の横に勉強机がある。その手前にゴタゴタと雑誌の積まれた本棚。

そして窓をはさんだ反対側にでん、とベッドが壁にそって伸びている。その布団は丸く人間型に膨《ふく》れていて、森崎が寝ているのだとわかる。

そっと爪先《つまさき》で部屋に入った俊紀は、ともかくずっと手にしたままだったケーキの箱を机の上にのせた。

と、自然と、机の横のコルクボードに目が止まる。

いつだったか森崎と一緒にとった写真がピンでとめてあるのに、カッ…と頬が熱くなった。

森崎が背中から抱きついてピースしているのに、自分が苦笑している。確かこれは……去年の夏。クラブのみんなで遊び半分、合宿半分の小旅行をした時のだ。

……まったく。

なんとか気持ちを落ち着けながら、俊紀はそっとベッドへ近づいていった。

熱いのか、上布団の片端を胸の下までずり落としている。髪の毛をくしゃくしゃにして、小さな寝息を立てる森崎に、俊紀はじっと見入った。

なんだか小さな子供のようで、ちょっと微笑んでしまう。

俊紀は手を伸ばして、布団を森崎の顎のあたりまで引き上げてやった。

そのついでのように、そっと、手のひらで頬に触れる。

熱のせいか、とても熱い。吸いついたように手のひらを離せなくなる。

——と、いきなり森崎の寝息が乱れ、こほっ、と咳きこんだ。

びくっとして、俊紀はあわてて身体を離す。

息をつめるようにして森崎を見つめていると、何度か咳きこんでから小さくうめき、そしてうっすらと目を開いた。

俊紀は逃げ出すこともできずに、何か金縛りにあったように、じっと森崎を見つめ続けた。

森崎のとろっとした目が、ぱちぱちと数度、瞬く。しばらくじっと、俊紀の顔を見つめてくる。

そして。

俊紀が息をつめて見守る中で、森崎はふわぁ…、と笑った。

「……なんか……いい夢だなあ……」

目を細めて、くすくす声を立てて笑っている。

「森崎——…」

なんだかあきれたような、気が抜けたような感じで、俊紀は思わず嘆息した。

と、森崎が目を丸くする。

「すげー…。夢が口きいた」

「バカ」

ほとほとあきれてつぶやいた俊紀に、それでもまだ、リアルだなあ…、などと感心したように森崎がつぶやいている。

「しょうがないヤツだな。頭まで熱にやられたのか?」

俊紀が枕の横にずり落ちていた小さめのアイスノンを拾い上げて、ぺしっと額においてやると、ようやく森崎の目に光が灯る。

「え……?　ええええええ……っっ!?」

と、大きく叫んだかと思うとがばっ、と身を起こした。

「――先輩っっ!?」

その反応の大きさに、俊紀はあわててしまう。

「ばかっ、寝てろ」

ほとんど押さえつけるように布団に押し倒して……そして、ふいにその態勢のあやうさにハッとする。

布団の上で。パジャマ姿の森崎とほとんど抱き合うような……自分が抱きつくような格好で。

ふだんより高い森崎の体温がパジャマ越しにも手のひらに伝わってくる。汗の匂いが、ふわりと鼻をかすめる。

どくん、と大きく胸が波打った。身体の奥で、何かわからない熱いかたまりがゆっくりとせり上がってくる。

もどかしいような、恥ずかしいような、何とも言えない感覚。

「ま、まだ熱があるのか?」

それをごまかすように、ふい、と手を伸ばした俊紀に、森崎がわっっ! とさらに声を上げて身を引いた。

こっちが驚くくらいの声に、俊紀は思わず手を引っこめる。

「ダ、ダメっすよ……先輩に風邪うつすかも……」

言い訳みたいにおずおず言う森崎に、ああ…、と俊紀も息をついて、そしてどうしようもなく、ベッド脇に正座するようにすわりこんだ。

おたがいに何を言っていいのかわからずに、必死になって言葉を探す間、居心地の悪い沈黙が流れる。

「あの……」

「その……」

ようやく言葉を見つけたのが重なって、ぶつかり合った言葉と視線に、反射的に目をそらしてしまう。

「あっ、すみませんっ。えっと……」

「な、なに……？」

「いや、その、先輩から……」

自分でもほとんど何を言っているのかわからないまま、おたがいに譲り合って、結局俊紀が口を開く。

「ええと、見舞いってほどじゃないけど、ケーキ、買ってきたから。あとで食べられるようなら……」

「えっ？　あっ、ありがとうございますっ！」

おずおずと机のケーキ箱を指さした俊紀に、森崎が弾むような声を上げた。

「うれしいなー。俺んち、誰もケーキとか買ってこないし。もちろん作ってくれる人なんかもいないし。母さんが時々、たたき売りのケーキを買ってくる程度で、クリスマスにまともなケーキなんて食べたことないですよー」

気を遣ってくれてでもそう言ってもらえるとホッとする。

そして森崎の方も、おずおずと口を開いた。

「あのー…、すいません。今日、俺、ドタキャンで……。せっかくクリスマスにみんなで盛り上がろうって時に」

「それは仕方がないよ。病気なんだし——あ…っ」

そして、本当にようやく、俊紀はそのことに気がついた。

クリスマス。そうだ、去年のクリスマス……森崎が提案して始まったやろうどものクリスマス・パーティー。

あれは、自分のため、だった——？

カノジョのいない連中の集まりだから、和久は来なかった。ちょっと身内の用があって、という断りだったが、もちろん、島本さんと一緒だったはずだ。

それまでクリスマスはずっと、和久と一緒だった。淋しいよなぁ、と笑い合いながら、映画やゲームで時間を潰した。しかし俊紀にとっては、それが何よりも一番うれしいクリスマスだった。

だが去年は。もし、森崎たちと一緒じゃなかったら、自分がどれだけみじめなクリスマスを過ごしていたか——、考えるだけで恐かった。

森崎がいたから、みんなでバカ騒ぎできたから……なんとか気をまぎらわすことができたのだ。

そこまで、この男は考えてくれていたのだろうか——。

と、森崎が不思議そうな顔で俊紀を見上げてきた。

「そういえば俊紀先輩はどうしたんですか？　今日はみんなと一緒に騒ぐんじゃ……？」

聞かれて、とたんに、う…、と俊紀は言葉につまった。

それは確かに、森崎にしてみれば当然の疑問だろう。

「いや、途中でちょっと別の用ができちゃって。でもそれが早く片づいたから」

だからついでに見舞いによってみたんだよ、と我ながらかなり言い訳がましく、そんな言葉を口にしていた。

「それよりおまえこそ、どこで風邪なんか拾ってきたんだ？　昨日は元気そうだったのに」

いそいで話を変えようと、早口に俊紀は尋ねる。

ああ…、と森崎が額に手をやりながらため息をついた。

「ちょっと油断しちゃって。ゆうべ、すんごく寒かったでしょう？　しっかり着こんでいけばよかったんですけど、あわてて出かけたもんで、やっぱり防寒が足りなかったみたいで」

昨夜は本当に寒かった。ロマンチックに雪が降ってきそうなほど。

そんな寒い中を、しかも夜、三十分も自転車を飛ばして来たのか……。

森崎は思わずため息をついた。

ホントに、バカだ――。

そう思いながらも、心の奥がふわっと温かくなる。

「ゆうべ、夜中にフラフラしてたんだって？」

ちょっと意地悪く聞いてやると、とたんに森崎があたふたした。

「えっ…？　だ、誰に聞いたんですか？　そんなことっ」

「さっきお姉さんに玄関先で会ったんだよ」

ちぇっ、と小さく舌を打った森崎の視線が、さっきからちろちろと上目遣いに俊紀の首に巻いてあるマフラーに流れている。

やっぱり――、と思ったが、俊紀は口には出さなかった。しかしこれで確信できた。それだけでも見舞いに来た甲斐《かい》がある。

「それ…、いいマフラーですね」

森崎がすっとぼけて言った。

「うん。僕もすごく気に入ってるんだよ。……どこかのサンタさんに今朝もらったばかりだけどね」

俊紀もすました顔で、それにのってやる。

「よく似合いますよ。センスのいいサンタさんでよかったですねー」

にこにこと満面の笑みでうなずく森崎に、俊紀は内心で思わずため息をもらした。

……僕が気がついてない、なんて本当に思ってるんだろうか？

それがおかしいような――うれしいような妙な気持ちだった。

森崎の他にプレゼントなんてくれる人間はいないのに。

「ほら…、ちゃんと寝ろって。熱が下がらないだろう？」

俊紀は小さく笑いながら、森崎の布団をかけ直してやる。

「あ、何か食べたいものとか、飲みたいものとかないか？　そうだ、汗かくだろう？　水分を補給した方がいいんじゃないか？　ポカリとか……」

「やさしーですね、先輩」

森崎がしみじみ言う。

「たまには病気もしてみるもんっすね……。すげーでっかいクリスマスプレゼントもらったみたいだ。先輩が来てくれるなんて」

素直な言葉に、俊紀は微笑んだ。

「そうだな。何か欲しいものがあるんなら今のうちだよ？　今日は特別な日だからね」

——そう。今日は特別だ。このクリスマスプレゼントのお返しに。

「えっ、ホントですかーっ!?」

思わず嬉々として声を上げた森崎が、う〜ん、と布団の中で眉をよせて真剣に考え始める。

それを横目にしながら、俊紀はごそごそと自分のカバンの中をかきまわして、いつも入れているハンドタオルを引っぱり出した。

森崎はかなり寝汗をかいていた。本当はパジャマを着替えた方がいいのだろうが、そこまでするのは差し出がましい気がする。だが汗をふいてやるくらいならいいだろう、と思ったのだ。

「ちょっと身体を起こして、上だけ脱いで？」

うーんうーん、とそんなに真剣に考えこむことでもないだろうにまだうなっている森崎に、クラブの時のようにテキパキと声をかけると、森崎がえっ、と裏返った声を上げた。

「汗をふいといた方がいい。背中なんかもびっしょりだろう？」

そう言った俊紀に、いや、でも、その…、と歯切れ悪く森崎がためらう。

俊紀はマネージャーという仕事柄、服をひっぺはがしてキズや打ち身の手当をすることはよくある。だからそれほど深い意味に考えたわけではなかった。

——が。

ほら早く、とせかされるのにおずおずと言われた通りにした森崎の、その裸の上半身を見た瞬間、俊紀はドキッ…と何かが心臓を突き抜けた気がした。

本当にふいに、タオルを握る手が震えてくる。

そんな、今まで意識したことなどなかった。クラブでは何度も見たことはあるし、触れたこともある。なのに。

森崎はそんなに大柄でも長身でもなかったが、バランスのとれたいい体つきをしていた。その汗に濡れてしっとりと熱い肌を目《ま》のあたりにして、カーッと血がのぼるようだった。

だが自分から言い出しただけに、今さらやめることはできない。

視線を合わせることなど到底できず、必死に作業に専念するふりをして、俊紀は森崎の首のあたりから胸をずっとぬぐっていく。

「や…やっぱり、あとで着替えた方がいいよ……。ずいぶん汗をかいてるし」

何気ない素ぶりでそんなことを言いながら、肌に直に触れた指先は燃えるように熱い。

自分でも頭が飽和状態のまま、なんとか前が終わって俊紀はホッと息をついた。

「じゃ、背中の方、ふいとこうか」

背中なら、顔を見なくてすむ。まだしも、意識せずにいられそうだった。

しかし森崎の返事はなかった。

「森崎？」

さすがに背中は森崎が方向を変えてくれないと、汗をぬぐうことはできない。

どうしようもなくて、ようやく顔を上げた俊紀の腕がいきなり強い力でつかまれ、身体が胸元へ引きよせられる。体勢を崩して、俊紀はほとんど森崎の腕の中に落ちるように身体を預けた。

あ…っ、と思わず息を呑んだ俊紀の目に、恐いくらい真剣な森崎の視線が絡んだ。

何か大きな波に飲みこまれるような感覚に襲われる。

身体が、動かない。

「……キス……して、いいですか……?」

じっと俊紀を見つめたまま、強く抱きしめたまま……かすれた声で、ようやく森崎が言った。

その言葉に、俊紀は思わず目を見開く。

唇は動いたが、言葉にならなかった。自分が何と言いたいのかもわからない。

「一度だけ……先輩のキスが欲しい、って…、サンタクロースにお願いしていいですか……?」

言われた意味はわかっていた。しかし、何も考えられなかった。

——と、突然、ハッとしたように森崎が視線をそらせた。

同時に、なかば突き放されるように、俊紀の身体は遠ざけられていた。

クソッ…、と何か、しぼり出すようなうめき声が、小さく森崎の口からもれる。

こんな声は聞いたことがない。こんな苦しそうな森崎は、見たことがなかった。

心臓がつかまれたような気がした。

しばらくして、ようやく森崎が息をついた。

「……すみません、俺……熱が、あるんです。ちょっと浮かされてて……」

乾いた、感情を押し殺した声。わずかうつむいた森崎の膝の上で、ぎゅっと握られた拳が小さく震えている。

「その……、忘れてください」

俊紀はそれを見ながら、いったん目をつぶり、大きく息をした。

そしてあらためて目を開くと、ゆっくりと言った。

「……いいよ。なんでも、って僕が言ったんだから……」

瞬間——。

空気が切れるような勢いで、森崎が顔を上げた。

「先輩……?」

信じられないような目で、俊紀を見つめる。

「……いいよ」

もう一度、しっかりと俊紀は答えた。

そしてゴクリ、と唾を飲みこんで、俊紀は目を閉じた。

自分が震えているのがわかった。

たかがキス——、なのに。きっと今時の中学生でも、もっと進んでるだろうに。

でも、俊紀にとっては、ファースト・キス、なのだ。

待つ時間が、長かった。

森崎の手がそっと頬に触れた瞬間、ビクリ、と身体が強ばってしまった。

嫌なわけじゃない。恐いわけじゃない……はず、なのに。

二の腕がぎゅっとつかまれる。

ためらいがちな熱い吐息を、スッ…と頬に感じる。

そしてしっとりとやわらかい熱を、唇に——。

……全身が、焼かれるように熱かった。

まるで森崎の熱がそのまま移ってしまったように。

◇　　　◇

年が明けると、三年はすぐにテストがある。高校最後のテスト。いわゆる卒業試験だ。

すでに推薦が決まっているとはいえ、やはりこのまま上の学校へ進む身ではひどい点をとるわけにもいかなくて、俊紀はそれなりに真面目に勉強した。

そしてそれが終わると、予餞会《よせんかい》や予行練習などで卒業式までのカウントダウンが始まる。

国公立の受験組はラストスパート、そして私立の受験組の姿が数人ずつ、毎日入れ替わるようにクラスから消えていて、いよいよみんなバラバラになるんだな、という淋しさが募ってくる。

「三年間、ご苦労だったな」

と、最後のトレーニングスケジュールを出しに行った時、担任で顧問の八代先生がしみじみと言ってくれた。

「大野がいてくれて本当に助かったよ。担任とクラブと、今年は受験生も持ってたからなぁ…。クラブはほとんど大野に任せっきりだったが、おまえは本当にいいチームを作ってくれたよ」

その言葉がうれしかった。自分のしてきたことが、何かになったのだ、という気がした。

「このまま上の大学に進むんなら、たまには練習を見てやってくれよな」

大学部へ進んでから自分がどうするのかはまだ決めていなかったが、俊紀は、はい、とうなずいた。

大学でもマネージャー業は続けるかもしれない。同級生で同様に竹叡の大学へ進んでクラブを続ける者もいる。

しかし俊紀は、自分がこの高校のバスケ部に持っていたほどの情熱をそこに持てるかどうかはわからなかった。

高校だったからこそ。限られた三年間の、この時代だったからこそ、という気がするのだ。

もちろん、ずっとバスケを嫌いになることはありえないが。

そして、その日は確実にやってきた。

三月一日。高校生活最後の一日。

この先、何度かこの校門をくぐることはあるだろうが、それはOBとして——客としてでしかない。決して同じ、高校生としてではない。

この制服を着て、校舎に入るのもこれが最後だ。

しかし校舎よりもむしろ、体育館の方が俊紀には馴染みだったかもしれない。

いつも自分たちを見下ろしていた、防護用に鉄格子を張った壁の時計。角のペンキがはげたバスケットゴール。世界地図のように錆が浮いた体育用具倉庫の扉……。

しかし今日、式のために紅白の横断幕が張られ、整然とイスが並べられた体育館は、いつもよりずっと澄ました顔で、俊紀たち卒業生を迎え入れた。

入場曲を聞きながら着席してから、俊紀は無意識に森崎の姿を探していた。

生徒会役員だから、おそらくステージの袖あたりに待機しているのだろうか……。

と、ステージを降りてすぐ左に、ちらり、と森崎の顔が見えた。一列に並ぶ来賓《らいひん》席から、わずかに後ろに下がったあたり。ステージの袖への連絡口の手前。隣には、森崎を選任した新しい生徒会長の姿もある。

あの日の、キス――。

思い出すだけで、唇にあの熱がよみがえってくる。

あのあと。

俊紀は本当に転げるように森崎の家から逃げ出してしまった。

自分が何をしてしまったのか……ほとんど夢うつつの状態だった。

森崎と――キスをした――。

その事実が、頭の中をぐるぐるとまわった。

もちろん、わかっていてやったことだ。でも……。

その時は勢いだったのかもしれない。ムードに流されてしまったのかもしれない。

一人になってそのことを思い出すと、大声でわめきながら家中を走りまわりたくなるくらい、恥ずかしかった。

なんで……あんなこと、したんだろう……。なんであんなことを許してしまったんだろう……。

その答えはもうとっくに出ているようで、でも認めてしまうにはまだ、……なんだか、思いきれないような、悔しいような。そんな複雑な気持ちだった。

だって、森崎は後輩で。当然、年下で。

自分がずっと……別の男のことを好きだったのも全部、知っている。

その彼女に嫉妬《しっと》してしまった醜い姿も見られている。

なのに。

……ずっと、優しい目で見ていてくれた。

いつも、そばで支えてくれた。

いったい自分のどこがいいんだろう……？

自分はあの陽気な後輩を叱りつけてばかりだったのに。

犬ころみたいに懐いてきて。猫みたいにすりよってきて。

あんな年下の男に……いつの間にか、ほだされていた、なんて。

今さら、どう言えばいいのかわからない——。

自分が森崎と同じ、高校生でいられるのは、もう今日一日しかない。

それなのに、俊紀はあの日以来、森崎と一言もしゃべれないでいた。

自分も卒業試験でいそがしかったし、森崎も式の準備とかでバタバタしていただろう。

そうでなくとも、学年が違うのだから偶然にでも顔を合わせる接点がない。

始業式とか、全校集会とか。たまに、俊紀は遠くから森崎の姿を見つけられるくらいだった。

……そして。

森崎の方からも、何も、言ってこない――のだ。
自分の方は、思い出すたびに赤面してしまっていたというのに。
「開式の辞」
司会の先生の声が、ろうろうと体育館に響き渡る。
小さなざわめきが収束し、卒業生も在校生も、いっせいに居ずまいを正す。
――式が、始まる。

この年の、この卒業式を。
おそらく参列した人間は誰一人、忘れることはできないだろう――。

◇　　　◇

わぁぁぁ……っ、という歓声がいつまでも耳に残った。
ぼんやりと、まだ夢の中にいるような気がした。

それだけ印象的な光景だった。

同じ学年とはいえ、あの二人——志野《しの》と箕方《みかた》のことは、同じクラスになったこともなく、ほとんど知らなかった。もちろん、生徒会長、そして副会長としての二人は知っていたが。

何が、あの二人の間にあったのかは俊紀には知りようもない。

この卒業式の日に、何百人もの目の前で、あんなことをしなければならないほどのどんな事情があったのか——。

ただ、二人のキスを見た瞬間、カッ…と燃えるように自分の唇が熱くなったのがわかった。

手をつないで走る二人の姿に胸が熱くなった。その背中に全校生徒から贈られた万雷《ばんらい》の拍手は、まぎれもなく二人を祝福するものだった。

潔《いさぎよ》く、何も恥じるところのないその姿に——きっと誰もが、何かとても大切なものをもらったような気がしたのだろう。

それは身体の一番深いところから湧き出してきて、全身を満たしていった。

式が終わり、たくさんの花束をもらい、後輩たちが集まってもみくちゃにされ……、しかしその中に、森崎の姿を見ることはできなかった。

まだ役員としての仕事が残っているのか。あるいは——このまま、俊紀の顔は見ずに別れるつもりなのか。

自分にはまだ、言わなければならないことがあるのに。卒業してしまう前に。

「俊紀」

名前を呼ばれてふり返ると、和久が笑顔で手を伸ばしてきた。

俊紀もゆっくりと、その手を握る。

「また、会おうな」

うん…、と俊紀もしっかりとうなずいた。

卒業は別れではない。スタートラインなのだ。それぞれの未来への。

そう。親友――ならば、明日にでもまた会える。いつでも会うことができる。

別れるのは、高校生の自分たちと、だった。

俊紀はじっと、和久の半分泣いているような笑顔を見つめた。

――好きだった。ずっと、この男が好きだったのだ……。

穏やかに、そう思う。

その気持ちは、多分、これからも変わらない。

友情から恋愛。そして、また友情へと流れてきた。

いる場所は別れても、きっとその想いは同じだろう。ずっと、懐かしい思い出とともに続いていくはずだ。そしてこれからも……大切な、親友だった。

あちこちで舞い散る紙吹雪《ふぶき》をくぐり、湧き起こる歓声を背中に聞きながら、俊紀は一人、ゆっくりと人気のない校舎の裏の方へ歩いていった。

次第に卒業生を送る拍手や歌声が遠くなり、木の葉が風にこすれ合う音の方が大きく耳につき始める。

こんな日に誰も来ることのない部室のドアを、俊紀はそっと開いた。

おそらくは他の運動部に比べれば片づいているだろう部室を、ゆっくりと眺める。

いつもは見かけない水の入ったバケツがあるのは、多分、自分たちがもらった花を式が始まるまでここにおいていたのだろう。花びらや葉っぱが床に散っている。

俊紀は真ん中のテーブルの上に、自分のもらった花束をそっとのせた。

三年間使ったロッカーは、今は名札が外されて、中は空っぽだった。何年にも……もしかすると十年以上にも渡って受け継がれてきたロッカーだけに、あちこちがへこみ、角は錆び、ところどころマジックで落書きされている。

それをなぞるように指で触れて、思わず微笑んだ。

入部したての頃は、ボロすぎーっ！　と誰もが辟易《へきえき》してしまったロッカーも、今は愛着だけがこみ上げてくる。

テーブルの下に転がっていたボールを拾い上げて、ポン…と床につく。

空気の足りないボールはあまり弾まず、すぐにバウンドが小さくなって、また部屋の隅にひっそりと息をひそめた。

と、俊紀は目の前のロッカーの名札に気づいて手を伸ばした。

自分たちのより一足早く空になったロッカーの主の名前だけが、まだそこに残されていた。

森崎――、という文字を、俊紀が書いてやったのだ。入部してきた時に。

それをそっととり外す。

そして何気なく裏を返して、俊紀は思わず目を見張った。

「としきセンパイらーぶ」、というマジックの文字にハートマーク。

これはもちろん、森崎自身が書いたのだろう。

「あのバカ……」

俊紀は思わずぽつりとつぶやいた。と同時に、どうしようもなく微笑んでしまう。

それを手の内に握りしめたまま、はー、と息をついて、俊紀は壁際のベンチへ腰を下ろした。

どうしようか、と思う。

ともかく森崎を捕まえるつもりだったのだが、森崎は森崎で生徒会の仕事があるのだろう。式のあとは、なかなか姿を見ることができなかった。

でも今日捕まえておかないと、きっと――また気持ちが弱くなりそうだった。

ふと思いついて、俊紀は立ち上がり、部室の一番奥の窓を開いた。

待っていたかのようにサーッ、と冷たい空気が入りこんでくるのに、ぶるっと身を縮める。

ここから、裏庭のあの桜の木が見えるのだ。

そういえば、ここしばらく見ていなかった。寒かったのと、いそがしかったのと……それに、泣きにいかなければならないほどの事件もなかったから。

でもあの桜も、もう見納めなのだ。

凍えるような冷たい空気を吸いこんで、俊紀は遠く、桜を眺めた。

おや…、と思う。

桜が二本に増えていた。

馴染みの桜の隣に、小さい枝ぶりの桜が一本、すらりとした姿を冴えた風景の中に見せている。

驚いたが、なんとなくうれしい気がした。

一本だけで立っているのは、やっぱり淋しそうに思えたから。

あの枝の下で、森崎に告白された時のことを思い出す。あの時は……告白されたのと、失恋したのが一緒だった。

そう思うと、なんだか笑ってしまう。遠い昔のようだった。

と、俊紀はふいに大きく目を見開いた。

その二本の桜の間に、黒い影が見えた。誰か、いるのだ。

そしてその影がふり返った瞬間、あっ、と息を呑む。

「森崎……っ！」

俊紀は思わず窓から身を乗り出して叫んでいた。

その声に気づいたのだろう。こちらを向いた森崎は驚いたように立ちすくみ、それから何か困ったようにきょろきょろして、……そして、ようやくこっちに歩いてきた。

「おまえ……、何をやってるんだ？　そんなところで」

探していた男が突然目の前に現れた驚きで、俊紀の方もちょっと動揺していた。

「えっと…、その。あ、卒業、おめでとうございます」

なんだかとってつけたように言うのを、俊紀はほとんど無視した。

「おまえ、体育館のあと片づけとかはいいのか？」

「明日、みんなでやるみたいで。今日はいいらしいです」

答える森崎も、なんだか妙にぎこちない。いつになく視線も定まらず、うつむきがちだった。

それに俊紀の方も、言うべき言葉を見失ってしまう。

あの…、とようやく森崎が上目遣いに口を開いた。

部室の床が少しばかり地面より上がっているので、この態勢だとわずかに俊紀の方が目線が高くなる。

「……すみませんでした……。俺、あの時……バカなことして」

言葉尻を濁したが、その「あの時」が去年のクリスマスの時のことだとは想像がつく。いつになくしょぼんと頭を垂れた森崎に、俊紀は急にむかむかっと腹の奥から湧き上がってきて、思わず叫んでいた。

「なんであやまるんだっ！」

「だっ…だって、先輩……、その、すごい勢いで逃げていったし……」

おずおずと言う森崎に俊紀は思わず言葉につまる。

「それは……！」

——恥ずかしかったからだろうっ！

と怒鳴りつけたくなる。気がまわる男なのに、そのくらいわかれっ！　と、もどかしかった。

「怒ってない……ですか？」

首を縮めたまま、不安げに聞いてくる。

「怒ってないよっ！」

わめいた俊紀に、森崎は小さく口答えした。

「……でも、怒ってるし」

「それはおまえがあれから何にもしないから……っ！」

勢いのまま口にしたあとで、あっ、と俊紀は息を呑む。

顔を赤くした俊紀の目の前で、しおれていた森崎の顔がみるみる生気をとりもどしていった。

「何にも……って、んじゃ、俺、先輩に何かしてもよかったんですか？」

にこにこにこっと、急に調子に乗った満面の笑みで尋ねてくる。

そういう意味じゃない…っ、と、俊紀は心の中でつぶやきながらも、どうしようもなくあたふたと視線をそらす。

「キス……とか？」

森崎が俊紀の顔をわざと下からのぞきこむようにして聞いてくる。

「……それ以上のこととかも？」

「ばかっ」

探るような眼差しで優しく微笑まれて、俊紀の叱る声も弱い。

それ以上…ってなんだ、それ以上って！

恥ずかしくて、たまらず俊紀はピシャッ！　と森崎の鼻先で窓を閉めてやった。

あわてて飛びのいた森崎が、コツコツと窓をノックする。

ヒドイですよう！　開けてくださいようー！

と窓のむこうで、森崎がわざとらしく口に手をあてて訴えている。……鍵は閉めてないんだから、自分で簡単に開けられるのがわかっているくせに。

じろっ、と森崎をにらみながら、俊紀は窓を開けてやる。

「なんか……、ガラス越しにキスする映画がありませんでしたっけ？」

ふと思い出したように森崎が聞いてきた。

そう言えば、俊紀も見たことがある。確か。

「――エイリアン？」

俊紀は首をかしげた。

ガクッ、と肩を落として、森崎がうめいた。

「う…、違う……なんか、違う気がする……」

「ふぅん？　僕がエイリアンなの？」

ちょっと皮肉っぽく聞いてやると、とたんに森崎はあわてた。

「ちっ、違いますよーっ。俺が見たのはもっとロマンチックな映画でしたよー！　エイリアンとキスなんかしたくないですよーっ」

必死になって言い訳するのに、俊紀はくすくす笑った。

「エイリアンより先輩の方がいいです」

生真面目な顔で、森崎が言う。

「ばか、比べるな」

「先輩と、キスしたいです」

静かに言われて、その視線の強さに俊紀は胸がつまる。

うつむいたまま、うん…、と、俊紀はつぶやいた。

そっと森崎が手を伸ばしてくる。その手のひらが俊紀の頬を包みこむ。

どのくらいあの桜の下にいたのか、指先が冷たい。

引きよせられ、熱い唇が乾いた熱を伝えてくる。

やわらかい吐息。

舌先の濡れた感触を唇に感じて、カッ…と胸の奥に火がついたような気がした。

二度目のキスは、少しは落ち着いていたつもりで、やっぱり頭の中は真っ白だった。

さわっ…と空気が揺れ、静かに身体の離れていく感触に、俊紀は無意識に閉じていた目をあわてて開く。森崎の真剣な眼差しとぶつかり合った。

俊紀は自分の頬を撫でる手に自分の手のひらを重ね、意を決して、言った。

「外、寒いだろう？　入っておいでよ」

森崎の目がわずかに大きくなり、しかしすぐに両腕を窓枠にかけてぐんっと身体を持ち上げると、よっ、というかけ声で、あっという間に窓を乗り越えて部室に入ってきてしまった。

「ばか…、そんなとこから」

入り口へまわってくるだろうと思っていた俊紀は、さすがに驚いた。

二人の間にあった、窓一枚の距離があっさりととり払われる。

「なんか、俺、今日はバカバカ言われてるなぁ……」

壁にこすれて汚れたズボンをはたきながら、森崎が苦笑する。

「やっぱり箕方先輩みたいにカッコよくはいかないなぁ……」

そのぼやきに、ふと俊紀は尋ねる。

「あの二人、ずっとつきあってたの？」

ちょっと下世話な好奇心。

世紀の卒業式を演出してくれた二人がそういう関係だったなんて、俊紀はまったく知らなかった。まあ、俊紀はもともとそういうウワサにも、うとい方だったが。

それが…、と森崎が首をふった。

「俺も全然、気がつかなかったですよ。二人が一緒にいるとこ、ずっと見てたのになぁ…。そんな様子はまったくなかったし。もっとも箕方先輩はあんまりしゃべらなかったけど」

わかんないもんですねぇ…、と感心したように森崎がつぶやく。

「来年は森崎がやるんだろう？　箕方の役目」

「ええっ!?　キスなんかしませんよっ!?」

あせった顔で、森崎が真剣に訴える。

「ばか。式の役目だよ。記念品贈呈《ぞうてい》、だっけ？」

「……またバカってゆったー」

森崎が指をくわえて拗《す》ねてみせる。

「ばか」

それにとどめのように言って、俊紀は笑った。

卒業記念品として卒業生が後輩たちに残すもの——。

箕方の読み上げた目録では、確か今年は、体育館の新しい緞帳《どんちょう》。そして桜が一本。

よく考えればおかしなことだが、あの目録を聞くまで、自分たちが学校に何を残したのかわからないのだ。たいていはその時々で、学校が必要な物を適当に決めて、卒業生は定額を納めるシステムだった。

それでも、桜の記念植樹は毎年のことなのだろう。このままずっと竹叡が存続する限り、毎年、校内に一本ずつ、桜が増えていくのだ。

——あ、とようやく俊紀は思いついた。

では、増えていた桜はきっと、今年の卒業記念なのだ。自分たちの。

「あの桜……」

ふっと窓の外へ目をやった俊紀に、ああ…、と森崎がうなずいた。

「あれ、俺が植えたんですよ」

その言葉に、えっ、と俊紀は声を上げた。えへへ、と森崎が笑う。

「志野会長たちと俺たちとで植えたんです。俺、植えるんなら絶対あの場所がいいって、ダダこねて押しきったんですよー。そりゃもー、新副会長としての威信をかけてっ！」

ぐいっと拳を握ってみせたその冗談に笑うこともできず、俊紀はじっと森崎の横顔を見つめた。

「だって、一本だけなんて淋しそうでしょ」

そう微笑んだ森崎の言葉が、じわりと胸に沁みこむ。

「——なんて。ホントーは、俺があの桜、一本だけだと、先輩が一人で泣いてるみたいで……なんとなく落ち着かなかったんです。もう一本あると、ほら、俺がいつでもそばにいられるみたいでちょっとうれしいかなー、なんて。願《がん》かけっつーんですか？　そんな感じですかね……——え…？　せ、先輩っ!?」

ふわっとこちらを向き直った森崎が、とたんにぎょっとしたように目を見開いた。

じっと森崎を見つめたまま、俊紀の目からぼろっ…と涙がこぼれ落ちていた。

「せ…先輩っ？　どうしたんですかっ？　俺……っ、何か悪いことしましたっ!?」

「……ばか……」

どうしようもなくて、俊紀はそれだけをつぶやく。

「うわぁぁあっ…、俺、バカだからわかんないですよぅ！」

頭を抱えて、森崎があたふたする。

それに殴りかかるように、俊紀は森崎の胸をつかんだ。

「ばかっ、桜だけなのかっ？」

「え……？」

「おまえは僕が卒業したらもう、僕のそばにはいてくれないつもりだったのかっ？」

間の抜けた顔の森崎を、俊紀はさらにボカボカと殴りつける。

その手首が、いきなりギュッとつかまれて、ハッと俊紀は顔を上げた。

「……いいんですか？」

そっと、ささやくように森崎が尋ねてくる。

「俺…、ずっと先輩のそばにいていいですか……？」

ぐいっと背中にまわった腕に力が入り、森崎の胸の中に引きよせられる。肩からすっぽりと大きな腕に抱きくるめられ、鼻先が首筋に埋められる。

「俊紀先輩が好きです。一生大事にします。だから……俺のものになって」

いつもの、冗談のような口調ではない。飾りのない、まっすぐな言葉――。

何かが溢れ出しそうに、胸がいっぱいになる。

「いいのか……僕で……？　ずっと、他のヤツのこと見てて……、すごい意地悪で……」

「言ったでしょう？　俺、一生、先輩のドレーになりますって。竜宮城《りゅうぐうじょう》にも連れていけないし、機《はた》も織れないけど、でもお嫁さんにはなれますよ？」

「ばか……」

そううめく顎が軽く持ち上げられ、鼻先にそっとキスが落とされる。そして、唇に。

俊紀はそっと目を閉じた。

――キスは、少し、慣れた。でもやっぱりドキドキする。

「キスだけ、しか……まだ、ダメですか？」

耳たぶを噛むようにして聞かれて、ドキン、と胸が大きく震える。

「もっと他のことしちゃ、いけませんか？」

他のこと――って。

想像したとたん、カッと赤くなる。

「ダメだ……って、言ったら？」

それを必死に隠して、俊紀は言ってみる。

「泣きますー」

森崎がすん、と鼻をすすり上げ、めそめそと泣き真似をして見せた。

くすっ、と笑って、いいよ、と俊紀は言った。

「……いいよ。森崎にだけ、特別にもう一つ……あげるよ。卒業記念に。一生大事にしてくれるんなら」

まっすぐに森崎を見てそう言った俊紀に、森崎は小さく息を呑み、それから本当にうれしそうな大きな笑顔を作った。

「死ぬほど大事にします」

俊紀の額に自分の額をくっつけ、ささやくような声で森崎が誓った。

きっと、僕はすごいわがままになるのかも…、と、ふっと俊紀は思う。こんなに……死ぬほど大事にされてしまったら。

森崎の指が、そっとブレザーをかき分けて入りこんでくる。

ベンチに腰をつけたまま、わずかに身じろぎした俊紀の背中が壁にこすれる。

「……制服……汚れますよ……?」

あ、と気がついて、森崎が言った。

「いいよ。もう、今日で最後だから」

「そっか……。制服姿の先輩もこれが見納めなんですね……」

しみじみとつぶやいて、じっくりと眺めて、そしてにやっと笑う。

「――でも、脱がしちゃおっと」

言葉通り、かなり手際よく上着を脱がし、下に着こんでいたベストをはぎとり、シャツのボタンを外していく。

「お…まえ…っ、経験あるのか……っ?」

なんだかあせって尋ねた俊紀に、ないですよう、と拗ねたみたいに口をとがらせた。

「先輩が初めてですよ。しょーしんしょーめい。先輩に操《みさお》をたててましたもん。……ほら。ドキドキしてるでしょ?」

すっと俊紀の手をとった森崎が、自分の胸に……前をはだけた素肌に直に押しあてる。

熱くほてった手の下で、確かに森崎の鼓動がとくとくと速いのがわかる。

ね? と言われて、たまらず俊紀は顔をふせる。

それにくすっと笑って、森崎が自分の服を脱いでいった。

「俺、すんごい寒がりなんですよ」

意味深に言って、森崎が笑う。

「あっためてくださいね?」

言いながら、素肌がゆっくりと重なってくる。

優しく肩からうなじ、髪を撫でられながら、覚えのある唇が一つ一つ確かめるように身体をすべっていく。

始めはゆっくりと。森崎の手の中で、順番に身体のあちこちに火がつけられていく。

何度も何度も、繰り返しキスをして。

リラックスさせるような……あるいは、自分がリラックスするためだったのか、森崎の軽口も次第に減っていって。

熱い息づかいだけが空気に溶ける。

喉元から胸を唇が這《は》い、執拗《しつよう》に跡を残していく。

「あぁ……っ、……ん……っ！」

すでに立ち上がっていた胸の小さな芽を指先にもまれ、たまらず俊紀の唇から悲鳴のような、あやうい声がこぼれる。

俊紀は唇を噛んだが、それに気づいたのか、森崎はそこを集中して攻め始めた。

舌先が形をなぞるようになめ上げ、軽く歯をあてられて。唇で硬くとがった粒が吸い上げられる。濡れた片方は指の腹で押し潰されるようになぶられて、俊紀は立て続けに声を放った。

胸に顔を埋めているような森崎の髪を引っぱっているのか、引きよせているのか、自分でもわからない。どうしようもなく涙がにじんだ。

ズキズキと、もっと身体の下の方で、痛いような、じれったいような感覚に襲われる。

「あぁぁ……っ！」

ズボンの上から確かめるようにその部分を探られ、ビクッと腰を跳ね上げてしまう。

感じてしまっているのを知られて、たまらなく恥ずかしかった。

「俺も……一緒ですよ」

それに気づいたのか、そんな言葉で森崎がなだめてくれる。

もどかしげにジッパーを外した森崎の手が、熱く高まっている自分に直接触れてくる。

「や……っ！」

きゅっと優しく手の中であやされて、全身の血が逆流しそうだった。

森崎の裸の肩にツメを立てて、俊紀はどうにかなってしまいそうな自分を必死にこらえる。

でも森崎の手は追い立てるように俊紀の中心を包みこみ、とろりと雫《しずく》をにじませた先端を指先でわずか、きつめに刺激した。

「ひ…っ、あぁぁぁ………っ！　あぁっ……あぁっ……も……」

狂いそうだった。腰から下の感覚が痺《しび》れて、溶けて、なくなっていた。

「森崎……っ、森崎…っ、やぁ……っっ！」

うっとりと目を細めて自分の表情を眺める森崎の視線が痛い。だがもう、それを意識する余裕も今の俊紀にはなかった。

「先輩の……イク時の顔、見たいです……」

バカ…ッ、と本当に怒鳴りつけたい時には、もう涙だけが溢れて声にならない。

森崎の手が、強く弱く、俊紀を追い上げる。

ぎゅっと、森崎の腕を握りつぶすくらい強く握る。

嫌だ…っ、と必死に首をふるが、生意気な後輩は許してくれなかった。

「あっ…あっ……！」

限界まで追いつめられる。ガクガクと腰が揺れる。

「すごい……いいですよ……」

森崎がかすれた声でささやく。

そして指の腹にぐるり、と先端をなぶられた瞬間、こらえきれず、俊紀は森崎の手の中で達していた。

自分がどんな声を上げて、どんな顔をしたのか――。

頭は真っ白で、気がつくと、ぐったりと森崎の腕の中で荒い息をついていた。

下肢のしっとりと濡れた感触に、たまらない羞恥《しゅうち》がこみ上げてくる。

「死にそう……」

と、俊紀を抱きしめたままの森崎が、低くうめいた。

なんだ…？　とぼんやりした頭で思う間もなく、森崎の腕が俊紀のぐったりとした身体を引きよせる。

「……今だけ、先輩のこと、泣かしてもいいですか……？」

息をつめるようにして、耳元で許しを求める。

もう十分泣かせてるくせに、何を今さら――、と俊紀は自分を抱く男をにらみつけた。

「えっと…、そのー、うれし泣きってのは……アリですよね？」

うかがうように顔を見上げてくる。

「俺、ガマン……できないです……」

「……ばかっっ！」

——思いきり、俊紀はそう叫んだものの。


「こうやって二人でくっついていられるんなら、冬も結構、好きかも」

汗に濡れた肌をぴったりとよせ合って、森崎が満足そうにつぶやく。

めいっぱい泣かされた俊紀は、それに答える気力もない。

——なにがうれし泣きだ、なにがっっ！

と、なじりたい気持ちはいっぱいあったけど。

やっぱり初心者同士、なかなか先は長い気がする。うれし泣きさせてもらえる日がいつか来るのだろうか、と嘆息したくなる。

「……今年はまだあの桜、咲かないでしょうかねえ……」

と、森崎が背中からポツリと言った。

俊紀は森崎の腕の中からふっと窓の外を眺めた。

より添うように立つ、二本の桜の木。

「ねっ？　春になったら一緒にお花見しましょうねっ」

うきうきと森崎が言うのに、そうだな、と俊紀も微笑む。

森崎がもぞもぞと、襟足の髪をかき分けるように肩口に顔を埋めてきて、いたずらをしかけるように、ちゅっと俊紀の頬に軽いキスをする。

いつも自分を支えてくれた大きな、温かい腕。明るい笑顔がここにある。


今日、卒業生のもらった記念品は、例年通りのアルバムと校歌の入ったオルゴール。

そして自分にとって特別なもう一つの腕の中に、俊紀はそっと身をゆだねた——。

end.

記念品 その後

「俊紀《とし き》せんぱーいっ！」

聞き慣れた声に遠くから呼ばれ、大野《おおの》俊紀は友人との会話を途切れさせてハッ…と顔を上げた。

ちょうど大学の正門が見え始めたあたりで、門の手前のどっしりとした樫木のあたりから、この遠目ではまだ小さな影が両手をふりまわして飛び跳ねている。

俊紀からは顔も判別できないが、それが誰かはさすがにわかった。

森崎《もりさき》だ。森崎祥文《よしふみ》。

俊紀の高校の後輩で、すぐ近くにある竹叡《ちくえい》学院の三年生。

……そして、俊紀の年下の恋人――でもある。

卒業式の日に気持ちを伝え合って、まだ三カ月ほど。できたてのほやほや、と言えるだろう。もっともつきあいだけはもう二年以上になるので、おたがいによくわかってはいるのだが。

「定期便のお迎えだな」

講義のあと、一緒に連れ立っていた友達が喉《のど》で笑って、ポン、と俊紀の肩をたたくと、じゃあな、と離れていく。

そう。俊紀が竹叡の大学部へ入ってから、森崎は放課後、しょっちゅう大学まで俊紀を迎えに来るのだ。もちろん、俊紀の時間割はしっかり把握《はあく》している。

俊紀は大学へ入ってからも、コーチという形で高校のバスケ部の練習を時々見ているので、基本はそれに合わせて、しかし時間さえあれば、という感じだった。

高校が休みの時には、ちゃっかり大学の講義に混じっていることすらある。最近ではすっかり、大学の学食にも馴染んでいるのだ。

近づくにつれ、だんだんと森崎の顔がはっきりと見えてくる。逆に森崎はよく、あんな遠くから自分がわかるな…、と感心するくらいだった。

ちょうど大学も最終の講義が終わった時間で、人通りも結構多い。

その中で森崎は、相変わらず目立ちまくっていた。さわやかな今どきのアイドル顔で。まだ身長も伸びているようだし、年とともに精悍《せいかん》さが増して、……恋人の欲目でなくてもカッコイイ、と思う。

その男が、俊紀が近づくのも待てないように駆けよって、飛びついてきた。

ご主人様の帰りを待っているポチだな、と友達には笑われるが、本当にそんな感じだ。

「お疲れさまですっ！」

元気よく言って、俊紀が提《さ》げていたスポーツバッグをさりげなく持ってくれる。

「だから、わざわざ迎えに来なくてもいいよ？　たいした距離でもないんだし」

そんなふうに言う俊紀に、しかし森崎は断固として譲《ゆず》らなかった。

「ダメですよ、俊紀先輩に悪い虫がつくかもしれないし。ちゃんと見張ってなきゃ」

「バカ」

「コンパなんか、行かないでくださいよーっ。ねっ？　来年、俺が来るまで」

泣きそうな顔で言われ、俊紀は肩をすくめた。

「興味はないけどつきあいもあるしね。ぜんぜん行かないわけにはいかないだろうけど」

しかしむしろ、来年森崎が大学に入ってきた時の方が大変なんじゃないかと思う。

そうでなくとも、「あの子、誰？　竹叡の後輩？　じゃ、来年、ウチに来るんだ？」と、早くも唾をつけようと狙っているクラスの女子もいるというのに。

「おまえ、一応、受験生だろう？　ふらふらしてる余裕はあるのか？」

ちょっと厳しく言った俊紀に、森崎はあっさりと答えた。

「そーですけど、でも生徒会役員ですからね、俺。竹叡大学なら推薦《すいせん》で行けるでしょ。そのくらいの特権がなきゃー」

まあ、そうなのだが。

「でも本当にここでいいのか？　おまえならもっと上も狙えるんじゃ…」

なにしろ、これで森崎はトップ入学しているのだ。ふだんの成績でも、三位からは落ちたことがないらしい。

正直なところ、竹大ではもの足りないのではないかと思う。

「なんでよそに行かなきゃいけないんですか。俊紀先輩がいないのに」

しかしあっさりと森崎は言った。

そんな言葉は、やっぱりうれしい。……ただ、自分の存在が森崎を縛ることになるのではないか、と思うと、ちょっと複雑な気もする。

「そういえばおまえ、大学に来たらまたバスケ、やらないのか？」

森崎はバスケを高校になってから始めたのだが、センスはあった。生徒会活動で中断してしまったが、もったいない、と思うのだ。

しかしそれに、うーん…、と森崎はうなった。

「俺、大学に入ったら、なんか新しいことをしてみたいんですよねー。今までやったことないこと」

前を見つめて、さらりと気負いもなく言う。

その横顔に、ああ…、と俊紀は目を見張った。

確かに、それがこの男には似合っているような気がした。高校で初めてバスケに挑戦したみたいに。いつも新しいことに挑戦していくのだ。

その強さがある。自分の可能性に、自分で限界をつけることがない。

だからどこの大学へ行こうと、森崎は森崎の道を見つけるのだろう。

時々…、そんな森崎がまぶしすぎるように思えて、ちょっと気後れしてしまうくらいだった。

きっと大物になる、というか、森崎ならどんな分野でも成功するだろう、と思える。

だが自分は、本当に普通に、地道にしか生きていけないんだろうな、という気がして。

俊紀は、スポーツトレーナーか、インストラクターのような道を目指していた。

森崎が今から何かのプロスポーツ選手になるということは多分、ないだろうから、直接、何かしてやれることはない。自分たちの道は、きっと違ってくるのだろう。

……でも。ずっと二人で歩いて行けるのなら。

森崎にとって、安らげる場所でありたいと思う。どんな仕事をしていても、自分のところに帰ってきてくれるような。疲れて帰ってくれば、頭を撫《な》でてやれるような。

ずっと、その成長を一番近くで見ていきたい。

多分、それが恋人としての特権だから。

「……ずっと、見ててくださいね。俺の一番近くで」

ふいに言われたそんな言葉に、まるで心の中が見透かされていたようで、俊紀はハッとする。

「森崎……？」

「先輩のことは、絶対幸せにしますから」

きっぱりと言ったそんな言葉が、じわりと胸の奥に落ちてくる。

「そうだな。期待してるよ」

ちょっと泣きそうになったのをこらえ、あえて俊紀はからかうような口調で言った。

幸せに——してもらえるのだろう。きっとたくさんの勇気をもらって。

「えっと…、とりあえず、今度の連休、二人で幸せになりませんか？　うちの家族、みんな旅行でいなくなっちゃうんですよ。で、俺だけ留守番で。一人じゃさびしーなーって思うんですけど？」

探るような、期待いっぱいの眼差しが俊紀を見つめてきた。

「調子にのりすぎ」

「……スミマセン」

それにぴしゃりと指導を入れると、森崎がしゅん、と肩を落とす。

くすっと俊紀は喉で笑い、手を伸ばして自分よりでかくなった男の頭をくしゃくしゃと撫でてやった。

「先輩？」

でももうしばらくは、可愛い後輩のままでいてほしいかもしれない。

そんな気もする——。

end.

あとがき

こちらでは初めまして、になりますね。どうか末永く（笑）よろしくお願いいたします。

一冊目がこの「卒業式」だというのは、幸運……なのかな？　もう十五年ほども前に書いたお話ですが、おそらくいまだに私の中では最左翼（もっともセンシティブ寄り@当社比）なシリーズかと思います。学園物ですよっ。当時は学園物で、という縛りもあったのですが、ひさしぶりに読み返すとちょっとジタバタしてしまうくらい可愛いお話ですね。こういうのはおそらく現役よりも、卒業してもう何年、何十年たった頃の方が甘酸っぱい気持ちで懐かしく読めるのかもしれません。

今回イラストも新たになりまして、以前より少しおとなっぽく、それぞれのキャラがとても雰囲気があってとても魅力的です。高久さんには本当にありがとうございました。

初めてこのお話を読まれます方も、あらためて読み返していただく方も、キュッと幸せな気持ちになっていただければうれしいです。また来月もお目にかかれますように――。

一月　おせち、ぜんざい、蕎麦、餅、ポンカン……食い倒れっ。

水壬楓子

箕方
×
志野
挿し絵を描かせて
くださって
ありがとうございました。
箕方と志野の
その後が
楽しみです。
高久尚子

KAIOHSHA ガッシュ文庫

卒業式～答辞～
(2000年桜桃書房刊『卒業式～答辞～』所収)
卒業式～送辞～
(2000年桜桃書房刊『卒業式～送辞～』所収)
卒業式～記念品～
(2000年桜桃書房刊『卒業式～送辞～』所収)
卒業式～記念品 その後～
(書き下ろし)

卒業式～答辞～
2010年2月10日初版第一刷発行

著　者■水壬楓子
発行人■角谷　治
発行所■株式会社 海王社
〒102-8405
東京都千代田区一番町29-6
TEL.03(3222)5119(編集部)
TEL.03(3222)3744(出版営業部)
www.kaiohsha.com
印　刷■図書印刷株式会社
ISBN978-4-7964-0036-7

水壬楓子先生・高久尚子先生へのご感想・ファンレターは
〒102-8405 東京都千代田区一番町29-6
(株)海王社 ガッシュ文庫編集部気付でお送り下さい。

※本書の無断転載・複製・上演・放送を禁じます。乱丁
・落丁本は小社でお取りかえいたします。
©FUUKO MINAMI 2010　Printed in JAPAN